KB152000

괜찮은 아빠이고 싶어서

괜찮은 아빠이고 싶어서

정치컨설턴트 윤태곤의 아이 키우는 마음

윤태곤 지음

헤이북스

프롤로그

아내가 이진이에게 젖을 물리고 있던 어느 날. 이 아이를 열 달간 배 속에서 품다가 힘들게 낳고 수유하는 것까지도 오롯이 이 사람 몫이었으니, 앞으로 이 아이에 대한 그 어떤 것도 아내에게만 떠맡기지는 않겠다고 다짐했다. 아직도 이 다짐은 변함이 없다.

세상에서 제일 이쁜, 이렇게 사랑스러운 아기를 낳아준 아내에 대한 사랑과 감사 … 때문만은 아니었다. 솔직히 말하자면 이 세상 누구도, 아빠조차도 끼어들 틈 없는 아이와 엄마 사이의 밀착감과 충만함에 대한 시샘 때문이었다.

'나도 내 아이를 제 엄마만큼 사랑할 수 있다. 모성애만 전부라는 증거가 있나? 꼬물거리는 이 아이가 번듯한 사람으로 자라는 데 내가 큰 몫을 하고 싶다. 이 아기가 어린이로, 청소년으로, 어른으로 커 나가는 그 힘들고도 행복한 시간과 공간들 한가운데 나도 있고 싶다. 한쪽에 비켜서 있기 싫다. 이진이에게 이미 물려준 생물학적 DNA뿐 아니라 나의 좋은 점들, 정서, 취향, 지식과 지혜 등 여러 아비투스habitus까지 다 물려주고 싶다. 이 아이가 어른이 돼서 나로부터 물려받은 그것들을 기꺼이 여기면 얼마나 좋을까. 이진이가 커가면서 아빠를 돈 벌어 오는 사람이나 늘 밖에 있는 사람으로 여기면서 데면데면하게 대한다는 상상을 해보니 도저히 참을 수가 없다. 내가 언젠가는 죽을 텐데 그다음에도 이진이가 아빠와 보낸 시간을 그리워하고 아빠로부터 받은 것들을 자랑스러워하게 만들고야 말겠다!'

그 결심의 순간부터 지금까지 품고 있는 내 욕망은 이렇게 분명하다.

나는 정치-공공 전략 컨설턴트로 일하고 있다. 내가 정치인이나 기업인 같은 클라이언트에게 늘 주문하는 건 '가치와 실리의 교집합을 극대화하라'는 거다. 정치인에게는 자신의 소신과 사회정의를 구현하는 것, 국익과 국민의 복리를 증진하는 것, 대중의 지지를 받고 지지자를 늘리는 것이 큰 교집합을 이뤄야 한다고 말한다. 기업인에게는 기업의 성장과 이윤 확대, 소비자의 편익과 국가 경제 진흥,

지구 전체의 지속 가능성에 기여하는 ESG 경영이 중첩, 정립鼎立되어야 한다고 말한다.

다시 부모와 자식의 사랑 이야기로 돌아가 보자. 나는 정말 아낌없이, 아무 이유와 조건 없이 내 딸을 사랑한다고 자신한다. 근데 곰곰이 짚어보면 꼭 그렇지 않은 것 같다. 나의 유전자 반과 아내의 유전자 반씩 받아서 태어난 내 자식이라서, 그 낳은 정이 깊어서 사랑하기 시작한 것 같다. 꼬물거리기만 할 줄 아는 생명체에 정성과 노력을 기울이니까 하루하루가 다르게 자라는 게 신기하고 대견해서 더 사랑하게 된 것 같다. 쑥쑥 커가면서 방긋방긋 웃음으로, 사랑의 표현으로, 아빠에 대한 무한한 신뢰를 돌려주니까 사랑에 관성과 가속이 붙고 있다. 이게 내 딸에 대한 내 사랑의 메커니즘이다.

그렇다면 아이에 대한 부모의 사랑은 이유도 없고 조건도 없는 것이라는 게 과연 맞는 이야기인가? 아이가 부모에게 피드백과 보상을 주지 않는다면 부모의 사랑도 식어버리는 것인가? 건강한 사랑, 균형 잡힌 사랑을 주고받기 위해서 어떻게 선순환의 고리를 만들고 강화해야 하는가?

전략 컨설턴트로서 중요한 덕목은 클라이언트에 대한 객관화다. 더 중요한 건 컨설턴트인 자기 자신에 대한 객관화다. 클라이언트에게 이러쿵저러쿵 잘난척하면서 조언하는 게 내 일이지만, 사실 나는 알고 있다. 감 놔라 배

놔라 이야기하는 것보다 훨씬 더 어려운 일은 실제로 감과 배를 장만해서 내놓는 행위라는 것을.

이진이를 낳기 전에는 '나는 내 아이 인생의 훌륭한 컨설턴트가 되겠다. 아이가 훌륭한 사람으로 성장하고 자기 인생을 잘 개척할 수 있도록 해법과 내비게이션을 쥐어 주겠다.'고 다짐하곤 했었다. 그 역할을 잘할 수 있다는 근거 없는 믿음도 상당했다.

하지만 애를 낳고 키우다 보니 알게 됐는데, 그건 크나큰 착각이었다. 내 아이는 클라이언트가 아니고 나도 컨설턴트가 아니다. 아직 인생 컨설팅을 할 일도 별로 없는데다가, 이 아이가 좀 더 커서 아빠한테 인생 컨설팅을 받을 생각을 갖게 될 가능성은 희박해 보인다. 만약 그렇다 하더라도 내가 나와 내 아이를 객관화해서 컨설팅을 하는 건 더욱 어려운 일이다. 다만 아이를 키우는 데 관해서는 (이 키운다는 말이 썩 마음에 들지 않는데, 대신 할 말이 마땅치 않으니 일단 키운다고 쓰겠다.) 나의 유일한 클라이언트는 내 자신이다. 나의 유일한 컨설턴트도 내 자신일 뿐이고.

사람의 삶에 대해서라면, 그래도 이진이보다 마흔두 해 먼저 태어나 살아온 내가 분명히 더 풍부한 경험과 전문성을 갖추고 있다. 그런데 아이 키우는 데 대해서라면 컨설턴트인 나는 클라이언트인 나처럼 초보자다. 그래서 독자들께 미리 말씀드리지만 성장 단계별 실전 육아 비법,

취학 전 교육 노하우, 우리 아이 재능을 발견해 영재로 키우는 법 … 등의 내용은 이 책 속에 별로 없다. 거의 까먹었거나 지금도 잘 모른다.

대신 이제 여덟 살 먹은 딸을 둔 아빠가 아이를 키운다는 것에 관하여 알게 된 것과, 무엇을 모르는지 확인한 것들에 대한 이야기를 이 책에 담았다. 내 아이에 대한 사랑, 육아, 교육, 아이와 세상의 관계 맺음을 잘하기 위한 고민들. 그 고민의 개별성과 보편성에 대해 한 번 더 고민해본 흔적들도 같이 들어 있다. 각 꼭지 말미에는 그때마다 내가 스스로에게 던졌던 질문들을 붙여봤다. 이진이가 제일 싫어하는, 수학 문제집 꼭지마다 달려 있는 '함께 생각해보아요' 자리 같아서 민망하지만 '아. 이 사람은 아이를 키우면서 이런 고민들을 차례차례로 만났구나' 정도로 받아들여주면 좋겠다. 본문 내용은 정답이 아니고, 아니 그 질문들에 대한 정답이란 있을 수도 없고, 나의 풀이 과정일 뿐이다.

사십 몇 년을 살았지만 내 인생도 잘 모르겠는데 여덟 살짜리 애 하나 있다고 애 키운 이야기를 쓰는 것이 얼마나 우습고도 오만한지는 잘 알고 있다. 학부모의 삶은 그 전의 삶과 전혀 다른 차원의 고행이라는 이야기도 귀에 못이 박히게 들어서 점점 겁이 나고 있다. (실은 그래서 학부모가 되기 전에 책을 쓰기 시작했다.)

하지만 아이와 함께하면서 겪은 이러저러한 어려움과 힘듦 그리고 그보다 훨씬 더 큰 행복함과 충만함을 다른 사람들에게도 전달하고 싶었다. 남들에게 애를 가지라 마라 할 세상이 아니지만 나는 좋더라 정도는 이야기할 수 있지 않을까 싶다. 또한 이 기록이 내가 지금보다 더 괜찮은 아빠와 남편이 될 수 있는 동력이 되기를, 나쁜 아빠와 남편이 되는 걸 막는 브레이크가 되기를 바라는 개인적 욕심도 있다.

이 책에 있는 모든 내용은 아내 이재은, 딸 윤이진과 함께한 시간에 대한 나의 자의적 해석과 기록이다. 이 지면을 빌려 내가 가장 사랑하는 두 사람에게 양해를 구하고 싶다.

2023년 여름이 시작할 때
윤태곤

차 례

1 '시작이 반'이라는 착각

정상 가족의 탄생

임신 기간에 태아는 무탈하게, 무럭무럭 잘 자랐다. 출산이 가까워지면서 점점 또렷해지는 초음파 사진 속 눈·코·입도 너무 이뻤다. 가까운 사람들한테 사진을 보여주면서 자랑도 많이 했다.

"너무 이쁜 게 아니라, 너무너무 이쁘다. 여자애가 너무 이뻐도 괜히 고달픈 일도 생기고 하는데 걱정이다."

양가의 예비 할아버지·할머니들은 맞장구를 쳐줬지만, 일부 육아 선배들은 심드렁한 반응을 보이기도 했다. 그들이 조금 얄미웠다.

이렇게 예정일이 다가왔다. 아내의 출산 연령도 조금 높았고 허리도 약해서 별 망설임 없이 일찌감치 제왕절개 분만을 결정했었다. 하지만 막상 수술 날을 잡아놓고 마취

동의서, 수술동의서에 사인을 하자니 덜컥 겁이 났다. 제
왕절개의 경우 분만실에 남편이 못 들어간다고 했다. 섭섭
하기도 했고 차라리 다행이다 싶은 마음도 컸다. 별의별
생각이 다 들고 너무 뻔해서 재미없던 비극적 드라마와 영
화의 출산 판박이 표현들이 자꾸 떠올랐다. 재수 없게 심
청이 이야기까지 떠올리는 내 뇌가 싫었지만 이런 걸 누구
앞에서도 내색할 수 없는 노릇이었다. 수술실로 들어가는
아내 손을 잡고 말했다.

"조금 있다 봐. 나, 문 앞에서 기다리고 있을게."

믿음직하고 사랑스러운 웃음을 지으려고 노력했지만
다리는 막 떨렸다.

얼마나 시간이 흘렀을까. 드디어 아이가 이 세상에 나
왔다. 아내도 아무 탈이 없었다. 2016년 9월 19일 아침이
었다.

인류가 시작된 이래 셀 수 없이 많은 사람이 태어나고
죽었고, 2016년 기준으로 전 세계에는 74억 3400만 명이,
대한민국에는 5122만 명이 살고 있었다. 말로는 한 목숨
한 목숨이 온 세상만큼 중요하다고 하지만 흔하디흔한 것
이 사람이라는 생각이 없진 않았지만, 내 딸이 태어난 순
간에 싹 사라졌다.

의학의 발달로 임신 기간 중에 이미 많은 검사를 해서
큰 걱정은 없었지만, "으앙!" 하고 울음을 터뜨리고 쌕쌕

거리며 숨을 쉬는 모습, 또렷한 눈·코·입, 꼬물거리는 스무 개의 손가락·발가락 … 모든 것이 고마웠다. 이 아이가 잘못되면 도저히 견딜 수 없겠다는 생각도 들었다.

잠깐 내 품에 안겼던 아이는 곧 내 품을 떠나 신생아실로 갔다. 수술 자리가 어느 정도 회복될 때까지 모녀는 입원해야 했고, 나는 … 별 할 일이 없었다. 축하 인사 받기, 때맞춰서 신생아실 유리창 앞에 아이 구경하러 가기, 아내 심부름 조금 정도 외엔. 참 아빠라는 게, 수컷이라는 게 이럴 땐 별 볼 일 없는 존재구나 싶은 마음이 절로 들었다.

인생 일생일대의 변화가 생겼는데, 특별히 할 일도 없으니 생각들이 꼬리에 꼬리를 물었다. 먼저, '정상'이라는 단어에 대한 생각. 이 개념은 참 폭력적이다. '정상'이 도대체 무엇인가? 표준국어대사전은 '정상'을 '특별한 변동이나 탈이 없이 제대로인 상태'를 가리키는 명사로 풀이해놓고 있다.

이건 참 '밥 먹으면 배부르다'는 소리일 뿐이다. '제대로인 상태'는 또 뭐람? 실은 우리는 '비정상이 아닌 상태'를 '정상'이라고 부르고 있다. 우리가 다 알다시피 한국은 정상성에 대한 강박감이 비정상적으로 강한 사회다. 원래 강했는데 점점 더 강해지고 있다. 신체와 두뇌의 기능, 외모, 학력, 경제력 등을 다시 온갖 카테고리로 세분화해서 정상의 기준을 빡빡하고 좁게 만들어놓고 거기서 어긋나면 손가락질한다. 요즘 유행하는 말로 '누칼협(누가 하라고 칼 들고 협박했냐?)'도 아닌데 스스로가 자신을 들들 볶는 만인에 의한 만인의 갈굼 사회다.

나는 '정상'이라는 단어와 개념에 대해 이 정도로 정상적인 생각을 하는 사람이었다. 그런데 내 아이의 '정상 여부'에 대해 민감했고 확인 후 너무나 감사했다. 그리고 '정상적 아빠'가 되리라고 굳게 다짐했다.

이런 감사와 다짐에 슬쩍 낯이 뜨거워지는 걸 느꼈다.

'이것이 바로 내로남불의 확장, 이기주의와 가족주의의 시발점인가? 아니다. 괜히 복에 겨워서 고마운 줄도 모르고 허튼 생각을 하는 거다. 하나님이 알면 욕할 일이다.'

생각이 왔다 갔다 하다가 결국 후자 쪽으로 기울었다. '자식을 위해서라면 부모는 부끄러운 것이 없다'는 깃발이 휘날리는 대열에 합류한 것이다. 하지만 '자식 앞에서 부끄러움을 모르는 부모가 되지는 말아야 한다'는 원칙을 지키지 못한다면 내가 어디를 향해 어떻게 가는지도 모르고 평생을 우왕좌왕하겠지. 게다가 나 혼자서가 아니라 우리 가족 다 같이.

그래서 다짐했다.

'인생을 좀 먼저 살았다는 이유로, 험한 세상 살아보니다 그렇고 그렇더라는 논리로, 아빠라는 이유로 이 아이의 인생에 절대로 촘촘한 정상확인표를 들이대지 않으리

라. 엄마 배 속에서 열 달 동안 잘 자라서 온전한 몸을 갖추고 태어난 내 아이, 장한 내 딸을 다른 이유로 들들 볶지 않으리라. 앞으로 자라는 동안 혹여 이 세상의 냉혹한 잣대에 어긋나는 일이 생기더라도 이 아이를 지금 이 순간만큼 계속 사랑하고 인정하리라. 그리고 이 아이가 자기 자신을 그대로 사랑하는 사람이 될 수 있도록 모든 힘을 다해 도우리라.'

실천의 길은 험난하고 고통스러울 수 있지만, 그리고 그 길은 평생을 가야 할 머나먼 길일 수 있지만 어쨌든 내가 이런 생각을 하고 있다는 사실 자체가 너무나 뿌듯했다.

'아이참, 이렇게 멋진 아빠라니. 나 같은 아빠를 둔 내 딸은 얼마나 행복할까? 너는 아빠만 따라오면 멋진 인생을 살게 될 거야.'

이 다짐을 지키기 위해서는 내가 좋은 아빠가 되어야 한다 싶었다. 정상에 대한 감사, 정상이라는 것이 남과 나에 대한 폭력이기 쉽다는 것에 대한 성찰을 모두 꼭 쥐고 살아야 한다는 생각이 들었다.

그렇다면 '좋은 아빠'란 무엇인가? 최소한 '나쁜 아빠'는 아니겠지. 가까이에는 나를 낳아주고 키워주신 우리 아버지가 있다. 내가 봐도, 남이 봐도 나쁜 아빠가 아니고 대체로 좋은 아빠다. 우리 아버지한테 늘 고마운데…. 그렇다고 우리 아버지가 늘 좋았다는 건 또 아니고, 이건 아버지가 싫다거나 감사하지 않는다는 것하곤 좀 다른 이야긴데…. 나는 좀 더 좋은 아빠가 되어야 하지 않겠나?

근데 바로 여기서부터 벽에 부딪히기 시작했다. 실천은 좀 어려워도 설계도 그리는 건 좀 쉬울 줄 알았는데, 그렇지 않았다. '좋은 아빠', 솔직히 '좋은 아빠'보다 좀 더 높은 … '위대한 아빠'까지는 아니더라도 뭐 하여튼 좀 폼 나는 그런 거…. 구체적 롤 모델조차 잘 떠오르지 않았다.

독립운동을 하다가 감옥에 갇혀서 떨어져 있는 딸에게 3년 동안 세계사를 알려주는 편지(나중에 이 편지들은 '세계사 편력'이라는 책으로 묶였다.)를 계속 보내줬고, 그 딸이 나중에 총리까지 된 인도의 초대 총리 자와하랄 네루? 아, 이건 너무 거창하다.

세상의 기준에 어긋난 남자를 선택한 딸의 뜻을 결국 받아들이고 후원해준 평강공주의 아버지 평원왕? 근데 나는 왕이 아니다. 왕 비슷한 거 될 가능성도 없다.

시대의 한계 속에서도 딸의 재능을 아끼고 성원해준 허난설헌의 아버지 허엽? 근데 허난설헌의 삶은 너무 비극적이잖아.

어려서부터 사회의 편견과 싸운 딸의 가장 강력한 후원자이자 딸이 자신의 사회적 길을 따라 걸을 만큼 존경과 사랑을 받은 장영희 교수의 아버지 장왕록 교수. 이분들은 애틋한데 너무 애틋하다.

설화나 문학작품을 찾아봐도 롤 모델이 될만한 아빠보다 나쁜 아빠가 더 많다. 갓난 딸 버리고 결국 그 딸 때문에 목숨 부지한 바리데기 아빠 오구대왕, 동냥젖 먹여 키운 공밖에 없으면서 제 눈 뜰 욕심에 딸을 바다로 내몬 심청이 아빠 심학규, 미욱함의 대명사로 셰익스피어 4대 비극의 한자리를 차지한 리어왕 등. 가만 보면 다들 딸한테 못할 짓 해놓고도 그 딸로부터는 무한한 사랑을 받는 아빠들이 아닌가! 사랑 없고 무책임한 아빠들의 욕망들이 이렇게나 풍부하고 역사가 깊다니. 나쁜 아빠들 같으니라고.

그래도 뭐가 있지 않을까 싶어서 머리를 짜내보니 '아빠만 믿어라. 아빠는 반드시 너를 구한다.'는 약속을 지킨 〈테이큰〉의 리암 니슨, 달나라에 가서 인류를 구하고 게다가 자기 대신에 딸이 사랑하는 애인을 딸에게 돌려보낸 〈아마겟돈〉의 브루스 윌리스 정도가 떠올랐다.

아니다. 이런 건 나의 길이 아니다. 절대 심학규 같은 아빠가 되지 않겠노라고 굳게 다짐하지만, 평원왕이나 리암 니슨 같은 아빠가 될 수도 없다.

기준을 낮추는 수밖에 없다. 아니 낮추는 게 아니라 현실화다. 실현 확률이 낮고, 실천이 사실상 불가능한 전략은 전략이 아니다. 현실적 실천을 통해 실현 가능성을 높일 수 있는 목표를 설정하는 것 그리고 다시 그 목표를 구현하기 위해 실천하는 것, 그것이 전략의 요체다.

훌륭한 전략을 수립해야 한다. 자, 나 자신이 나의 클라이언트라고 가정해보자. 어떻게 컨설팅을 할 것인가?

대답은 금방 나왔다.

"'솔직히 나도 잘 모르겠다'고 말해주자."

기가 막히는 한편으로 마음이 확 편해졌다. 나는 좋은 아빠가 되는 법을 모른다. 무엇이 좋은 아빠인지도 잘 모른다. 그런데 나는 내가 모른다는 사실을 안다. 그래서 이 세상과 내 아이 앞에서 겸허할 수 있다. 이 아이와 함께할 세월은 내가 무엇을 모르는지를 알고, 그래서 무엇을 채워야 하는지를 알아가는 시간이 될 것이다. 내가 앞장서 길을 만들어가는 것이 아니라 우리 세 가족이 함께 걷는 길이다. 그러면 힘들기도 하겠지만 행복할 거다.

다시 감사에서 시작하자 마음먹었다. 옛날 같았으면 하늘과 조상에 감사하며 제사를 지내고 그 기쁨을 이웃과 나누기 위해 잔치를 했겠지만, 지금은 그런 시대가 아니니 다른 아이들을 위해 기부를 하기로 결심했다.

연혁, 평판, 기부금 총액 중 사업비의 비중이 과다하지 않은지 등 여러 가지를 고려해가며 아내와 함께 꼼꼼히 골랐다. 우리 아이가 태어난 것에 감사하는 첫 마음이라 생각하니 허투루 할 수 없었다. 액수를 놓고도 고민이 적지 않았다. 너무 적으면 무성의한 것 같고, 너무 많으면 '괜히 했다. 하지 말 걸.' 하는 마음과 매달 싸워야 하니까.

결국 어느 한 곳을 골라 얼마를 보내기로 한 후 자동이체를 신청하면서 앞으로 계속 기부할 수 있는 마음의 여유와 경제적 여력을 갖추길 기원했다.

이러고 나니 정말 기분이 좋았다. 역시 나는 시작부터 좋은 아빠라는 생각이 들었다. 이런 아빠를 둔 내 딸도 자기가 복이 많다는 걸 감사할 줄 알아야 할 텐데.

질문

- 아이에게, 가족에게 '정상'이란 어떤 의미일까?
- '좋은 아빠'란 어떤 아빠일까?

이름 짓기 ✧

"'기쁨이'가 왔다. 나는 기쁨이라고 부르련다."

할머니가 되기를 갈망하던 엄마는 아내의 임신 소식을 들은 후 얼마 지나지 않아 선언하셨다. 독자적으로 태명을 지은 셈이었다.

새 생명이 와서 우리 부부는 너무 기쁘고 가족들뿐 아니라 주위 사람들도 다 기뻐해주니까 '기쁨이'인 건 맞는데, 마음에 들지는 않았다. 우리 아이도 기쁨이고 세상 모든 아이가 다 기쁨이니까 그렇게 부르면 내 소중한 아이의 개별성과 구체성을 담을 수 없지 않은가? '기쁨이' 말고 다르게 부를 거야!

솔직히 말하면 내 아이가 생기기 전까지 나는 '태명' 짓기에 대해 심드렁한 편이었다. 연예계 셀럽들의 구체적인 가정사가 TV 예능 프로그램을 통해 소비되면서 그 유행이 시작된 데다가 이 시대의 귀족인 연예인을 선망하는 대중들이 그 대열에 합류하고 SNS를 통해 확산한 것 아닌가? '남들 하니까 나도 해야지'와 '내 아이는 이렇게 특별하다'는 이중적 심리가 역설적으로 결합한 풍조라고 비판적 진단을 내리고 있었다.

"나는 태명이 뭐였어?"

"몰라."

엄마한테 물어보고 간명한 답을 들은 후에는 이 진단에 더 힘이 실렸다.

하지만 이처럼 예리하고 냉소적인 나의 이성은 인간의 본질과 세상이 작동하는 원리의 큰 부분인 '내로남불' 앞에서 속절없이 무너졌다.

'나도 내 새끼한테 폼 나고 의미 있는 태명을 지어줄 거야. 그 태명을 부르면서 태교도 하고 아이가 세상에 나오는 걸 기다려야지.'

이렇게 생각한 순간 신이 나기 시작했다. 다니던 산부인과 병원에서도 은근슬쩍 성별을 암시해준 이후에는 태명이 뭐냐고 묻기도 했다.

나중에 진짜 이름은 고심해서 지어야겠지만 태명이라고 해서 아무렇게 만들기는 싫었다. 귀엽고 부르기 쉽고, 의미도 담은 이름이어야 한다. 그래서 정한 것이 '디디Dee

Dee'. 1992년 빌 클린턴 미국 대통령의 첫 대변인을 지낸 디디 마이어스 이름에서 따왔다. 31세의 나이로 미국 역사상 최초의 여성 백악관 대변인이라는 기록을 세운 인물이다. 우리 디디도 나중에 커서 그런 사람이 됐으면 하는 기대를 듬뿍 담았다.

아내와 나 말고는 이 사연을 아무도 몰랐지만, 곧 좀 민망한 마음이 들었다. 허세, 나의 욕망, 아이가 내 욕망을 대리 충족시켜주기를 원하는 헛된 바람이 고스란히 담겼다는 걸 나는 아니까.

이런 가운데 시간은 흘러서 출산일도 다가오고 진짜 이름을 지어야 할 때가 왔다. 감사하게도 양가 부모님은 내가 어련히 잘 짓겠거니 하고 맡겨두셨다. 아내는 '내 마음에 안 들면 거부다'라는 유일한 지침만 내려줬다.

작명서를 몇 권 마련해 들여다보면서 생각을 가다듬었다. 그러면서 먼저 내 이름에 대해 생각해봤다. 윤태곤, 한자로는 尹太坤이라고 쓴다. 어릴 땐 좀 폼 나는 이름은 아니라고 생각한 적은 있었지만, 놀림을 받거나 싫은 별명이 붙은 적은 없었다. 너무 흔해서 동명이인이 많으면 사회생활이 약간 불편한데, 그런 적도 없었다. 포털 사이트를 검색해보면 윤태곤이라는 이름을 가진 사람이 몇 안 된다. 그중에서는 내가 제일 유명하다!

한자로 따져보면 '클 태'에 '땅 곤', 좀 과하긴 하지만 쉬우면서도 너무 흔하지 않은 글자의 조합이다. 아이 이름을 짓기 위해 내 이름을 분석해보니 상당히 공을 들였다는 걸 알 수 있었다.

무작정 좋은 이름을 떠올리기보다는 전략적 접근을 하기로 마음먹었다. 그러기 위해서 몇 가지 기조를 정했다. 따지고 보면 다들 부르기 좋고 의미도 좋은 이름을 원한다. 사랑과 정성을 담아 만들기 마련이다. 하지만 이것을 좀 더 구체화해야 이름 짓기가 쉬워지겠다 싶었다.

일단 어감과 발음이 좋을 것. 한자의 효용이 이미 많이 떨어졌고, 아이가 크면 더할 테니 한자어 의미보다 부르는 것에 무게를 싣는 것이 마땅하다. 비음화, 유음화, 구개음화 같은 음운변동의 적용을 받아서 쓰는 글자와 읽는 음가가 다르게 되는 것도 되도록 피하자.

쉬운 이름이어야 하지만 너무 흔하면 안 된다. 동명이인이 많은 건 썩 좋지 않다. 영문과를 다니던 시절에 여자 동기나 선후배 중에 이름이 겹치는 사람들이 상당히 많았다. '큰 ○○이, 작은 ○○이'로 불린 사람들이 수두룩했고 '○○○A, ○○○B, ○○○C'의 케이스들도 없지 않았다. 이름을 만들었을 때 '트렌디'했다는 뜻이다.

2010년부터 2015년까지 신생아 이름 순위를 찾아봤다. 역시 상위권에는 익숙한 이름들이 많았다. TV에서 많이 들어본 이름, 주위에도 많이 있는 이름들. 좋은 이름이니 많이들 쓰는 것이겠지만 가급적 피하기로 했다.

이름이 주는 느낌에 대해 생각해봤다. 세련돼서 서늘한 것보다는 조금 따뜻한 느낌을 줄 수 있는 것이 좋지 않을까? 너무 튀지는 않아야 하지만 눈에는 띄어야 한다.

"'꾸안꾸'구만…."

이런 이야기를 듣고 아내가 말했다. '꾸민 듯 안 꾸민 듯, 꾸몄지만 안 꾸민 것 같은.'

그 말을 듣자 '검이불루 화이불치儉而不陋 華而不侈'가 바로 떠올랐다. '검소하나 누추하지 않고, 화려하나 사치스럽지 않다.'《삼국사기》에서 백제 온조왕이 새 도읍으로 옮겨 지은 궁궐을 표현하면서 처음 나온 문구다. 그리고 조선왕조의 설계자로 도성과 경복궁 건립을 주도한 정도전도 《조선경국전》에서 궁궐 건축에 대해 말하며 이를 반복했다. 온조왕의 궁궐은 볼 수도 없고 제대로 된 기록도 없지만 조선의 그것은 아직 남아 있다. 그러니 그 느낌을 알 수 있다.

생각과 전략이 거창해지면서 머리도 복잡해졌지만, 그래도 신이 났다.

'이름을 짓는 것, 내 아이를 위해 내가 처음 해줄 수 있는 일인데다가 큰 의미가 있는 일이니 이 정도는 해야지!'

이런 기조와 전략으로 궁리 끝에 여러 이름을 썼다 지웠다 하다가 두 개로 최종 후보작을 압축했다. '래희'와 '이진', 윤래희와 윤이진. 래희는 '기쁨이 왔다'는 의미가 더 앞서는 이름이었다.

이진이 훨씬 마음에 들었지만, 내가 가진 권한은 '안'을 만드는 것에 국한된 것이고 아이 이름을 내 마음대로 정하는 건 아니니 복수 안을 제시하는 것이 맞는다고 생각했다. 그리고 이것은 말하자면 삶의 지혜인데, 협상이나 의사 결정 과정에서 단일 안을 제시하면 상대는 통보로 받아들이면서 거부감을 가질 수도 있다.

이 두 이름 앞에서 가족들은 만장일치로 이진을 선택했다. '윤이진', 부르기 좋고 이쁜 이름이라고 다들 만족해했다. 이제는 한자를 정할 차례. 한글로 이진은 소박한 느낌이 있으니 한자는 조금 다르게 가고 싶어서 존경하는 선배와 의논했다. 내가 기자 생활을 할 때 편집국장을 지냈던 김창희 선배. 박람강기博覽強記라는 말이 딱 어울리는 김 선배는 우리 부부 결혼식에서 기도를 맡아주셨던 인연도 있어서 무람없이 부탁드릴 수 있었다.

상의 끝에 梨(이)와 津(진)이라는 한자가 나왔다. 木(나무 목)에 利(이로울 이)가 올라앉은 형성자인 梨. 첫 뜻은 '배나무'로 나오는데 '많다', '풍부하다'로도 풀이된다. 水(물 수) 변에 聿(붓 율)이 합쳐진 형성자인 津. 첫 뜻은 '나루'인데 '잇는다', '인연'으로도 풀이된다. 그러니 '배나무 무성한 나루', '풍성한 인연' 뭐 이런 정도가 되는 거다. 梨津이라

써보니 획수가 조금 많았지만, 그리 낯선 글자도 아닌 것이 마음에 들었다. 우리 딸 이름은 이렇게 '윤이진尹梨津'이 됐다.

찾아보니 그 전해인 2015년에 태어난 여자아이 중 이진이는 90명이었다. 나중에 확인해보니 동갑내기 이진이는 106명. 그즈음 인기가 좋은 최상위권 이름을 공유하는 아이들은 매년 대략 3000명 남짓이니 괜찮은 숫자였다. 이후 소아과 병원 대기실, 어린이집, 유치원을 다니는 동안 아직 다른 이진이를 직접 보지는 못했다.

이렇게 이름을 정한 후 흰 종이에 큼직하게 '윤, 이, 진'이라고 써놓고 들여다보니 자꾸 웃음이 나왔다. '윤이진'이라고 불러보아도 좋았다.

"이진아, 윤이진!"

출산이 임박한 아내는 태동이 느껴질 때면 자기 배에 가만히 손을 올리고 나지막이 말했다. 그 모습을 보고 있자니 뿌듯함, 사랑, 책임감, 불안감 등 여러 느낌이 뒤섞여 갑자기 눈물이 나와서 아내 몰래 눈을 훔쳤다.

이렇게 해서 아이가 태어나자마자 이진이라고 불러줄 수 있었다. 속마음이야 어떻든 누가 남의 면전에서 갓난애 이름을 놓고 타박하겠냐만, 지인들도 다들 좋은 이름이라고 말해줬다.

이제 어엿한 초등학생이 된 이진이도 다행히 자기 이

름을 좋아하고 아낀다. 하지만 사춘기가 되면, 더 크면 어떻게 생각할지 알 수 없는 노릇이다. 양성을 쓰겠노라 할 수도 있고, 영어식 이름을 가질 수도 있고, 아예 새 이름을 지어 부를 수도 있을 거다. 부모가 지어준 이름이 굴레처럼 답답해서 혹은 인생이 뜻대로 안 풀려서 … 뭐든 바꿔보자는 마음이 생길지도 모른다.

'어쩔 수 없는 일이다', '결국 자기 인생은 자기가 사는 거다'라고 쿨해지려 하지만 정말 그런 일이 벌어지면 너무 섭섭하고 야속할 것 같다. 미리 걱정한다고 될 일도 아니니 이진이가 계속 자기 이름을 사랑하며 살 수 있도록 아빠로서 도울 수밖에.

전라남도 해남군, 두륜산 아래쪽 완도 맞은편 13번 국도와 55번 지방도가 교차하는 어간에 이진梨津이라는 곳이 있다. 전라남도 해남군 북평면 이진리, 폐교가 있는 작은 동네다. 옛날에는 제주로 오가는 배가 여기서 출발했고, 제주도 말이 여기를 통해 뭍으로 들어왔다고 한다. 수군 만호가 지휘하는 군졸들이 주둔하는 진鎭의 지위를 지니고 있는데다가 돌로 쌓은 성城도 있었다고 하니, 그냥 작은 나루는 아니었던 곳이다. 성터는 아직 버젓이 남아 있다. 〈난중일기〉에도 이진 이야기가 두 번이나 나온다. 칠천량 해전에서 원균이 참패한 이후 삼도수군통제사로 재임명된 이순신 장군이 명량 해전을 준비하기 위해 군사, 무기, 군량, 병선을 모으며 다니던 조선 수군 재건 루트의 가운데 있는 곳이다.

가끔 지도로, 포털 사이트 거리뷰로 이진을 들여다본다. 내비게이션으로 가는 길도 살펴본다. 한반도 서남부 특유의 리아스식 해안의 가운데서도 완도가 앞에서 거친 바람과 파도를 막아주는 곳이다. 오목하고 포근한 느낌이 든다. 전근대 시절 연근해를 오가는 목선이 드나들기에 안성맞춤이었겠지만 배들이 커지면서는 그 좋은 조건이 오히려 제약으로 작용해 쓸모가 떨어지고 쇠락한 곳이다. 이진의 흥망성쇠를 보며 좋은 부모란 무엇인가 생각해보는데 아직 답은 잘 모르겠다.

이진이가 초등학교 2학년 때쯤 날이 좋은 날에 남도로 여행을 가서 이진리도 찾아볼 계획을 세우고 있다.

질문

- 아이의 이름 짓기에 대한 전략적 접근, 우선순위에 무엇을 둘 것인가?
- 공급자 마인드를 버려야 한다. 우리 아이는 나중에 제 이름을 좋아할까?

우리도 남들처럼

이것은 참으로 어려운 이야기다. 인생에서 뭐든 그렇지 않겠냐만 정말 제각각 형편이 다 다르다. '우리는 좀 여유 있다' 하기도 어렵고 '정말 힘들다' 하기에는 오히려 용기가 필요하다. 어지간한 사이가 아니면 형편을 물어보기도 어려운데, 또 어지간한 사이라면 말 안 해도 대략 짐작이 가기도 한다. 자문을 해봐도 자답이 잘 안 나온다.

"그래, 우리 이 정도면 잘하고 있는 거야!"

아내와 맥주잔 부딪히면서 나름대로 뿌듯해하다가 10년, 20년 후 생각해보면 그냥 깜깜이다.

가정경제, 돈 이야기다. 경제라는 말은 '세상을 잘 경영해서 백성을 돕는다'는 경세제민經世濟民에서 유래된 것으로 알려져 있다. 좋게 봐줘서 틀린 말은 아니지만, 한자어 문화권에서 서구 학문을 먼저 받아들인 일본 사람이 이코노미Economy의 번역어로 채택한 것에 불과하다. 어원을 따져보면 이코노미가 경제보다는 개인에게는 더 와닿는다. 고대 그리스어로 집을 의미하는 오이코스Oikos와 살림 혹은 경영을 의미하는 노모스Nomos를 합친 오이코노미아 Oikonomia가 이코노미의 뿌리라고 한다. 그렇다. 우리는 모두 오이코노미스트다!

결혼 전이나 결혼해서 둘이 살 땐 오이코노미스트 노릇이 그리 어렵지는 않았다. 넘치게 잘 벌어서 걱정이 없었다는 이야기는 아니다. 결혼 전에는 그냥 버는 대로 벌어서 쓸 만큼 쓰고 남는 건 모아뒀다. 결혼 후에도 크게 달라진 건 없었다. 둘이 버는 대로 벌어서 쓸 만큼 쓰고 신혼 때 전셋집 마련하면서 진 빚을 갚고, 그 빚을 다 갚은 다음에는 빚내어 집 사고 또 빚 갚았다. 규모는 좀 달라졌지만 크게 복잡해진 건 없었다. 돈 나가는 구멍, 지출 명세도 늘 심플했다. 저축과 투자, 장단기 재무 계획, 노후 대비…. 남들이 다 중요하다 하니 중요한가 보다 싶었지만 남의 이야기로 들리는 것들이었다.

하지만 아이를 가지고부터는 이야기가 달라졌다. 그 시점 우리 부부의 자산 상황을 점검하고 경제활동을 할 수 있는 기간과 예상 총수입과 자산 변동을 시뮬레이션한 다음에 출산, 보육, 교육 등에 필요한 금액을 산정해서 비교해봐야겠다는 생각이 들었다. 물론 실제로 그렇게 하지는 않았다. 이진이가 초등학생이 되기 전에는 반드시 해야 한다고 '계획에 대한 계획'을 세웠지만 역시 안 했다. 그래도 임신 자체로 인한 지출 규모나 구조의 변화는 크지 않았다. 국민건강보험공단에서 발급해준 '고운맘카드'로 모자랐지만 추가 부담이 크지는 않았다.

근데 어른 둘이 사는 집에 애가 올 준비를 하는 건 새롭고도 무거운 부담이었다. 돈도 돈인데, 아니 결국 다 돈 문제이지만 너무나 복잡한 선택과 판단의 연속이었다. 배냇저고리와 기저귀, 수유용품, 침구류 같은 건 기본이다. 젖병소독기, 아기침대 뭐 이것도 필수 옵션이라 치자. 가습기도 신상으로 하나 더 장만해야겠지? 아기 전용 세탁기는 필요한가? 유모차는 천차만별이라고 하던데? 난생처음 베이비페어라는 곳을 가 보니 그야말로 신세계였다. 세상에 이런 물건들도 있다니 싶은 것들 천지였다. 가만 보니 아이에게 직접 소용이 될 물건들만 필요한 게 아니었다. 안방에만 있는 벽걸이 에어컨은 '2 in 1'으로 업그레이드시켜야 집 전체를 커버하겠지? 운전도 안 좋아하고 잘 타지도 않아서 없애버린 차는 다시 장만해야겠지? 무엇을 살 것인가, 안 살 것인가 판단도 쉽지 않은데, 얼마짜리를 고르느냐는 더 어려웠다. 온라인 쇼핑몰의 길고 긴 목록, 할인 딱지와 '1+1'의 유혹, 마치 육아 천재 같은 리뷰 전문

블로거들의 포스팅…. 정보가 많아질수록 정보의 바다에서 헤어날 수 없었다. 논산 훈련소에 막 입소한 어리바리한 신병이 된 기분이었다. 우리보다 넉 달 먼저 애를 낳은 처제네 부부는 고참 선임병으로 보였다. 쫑알거리면서 아장아장 걷는 애들 손잡고 가는 부모는 말년 병장, 학부모쯤이면 다들 주임 원사의 포스를 뿜어내고 있었다.

물건이나 서비스의 효용과 가격을 비교해보려 애썼고 '한계 효용 체감의 법칙'을 어설프게 적용해보려 해도 쉽지 않았다. '원료도 중국산 아닌 국산, 환경호르몬 위험 방지, 중금속 완전 제거, 자연산보다 더 좋은 유기농' 이런 문구들은 즐겁게 구매 욕구를 높이는 것이 아니라 더 낮은 가격대의 물건을 사는 걸 막는 위협에 가까웠다. (이진이가 신생아 시절에 이런 일이 훨씬 더 많았지만, 지금도 적지 않게 남아 있다.) 그렇다고 해서 '내 아이는 소중하니까!'라며 눈에 들어오는 모든 것들을 최고급으로 사들일 수는 없는 노릇이다. 소비는 단지 그 물건을 사냐, 마냐 이상의 선택이기 때문이다. 우리가 물건이나 서비스에 지불하는 비용, 즉 모든 가격은 결국 기회비용이다.

《뉴욕타임스》 경제 분야 논설위원을 지낸 에두아르도 포터의 《모든 것의 가격》이라는 책에는 부모가 아이를 위한 서비스에 지불하는 가격의 본질을 극단적이고 명징하게 보여주는 이야기가 나온다.

미국에 먼저 들어와 일하는 히스패닉계 불법 이민자가 남겨두고 온 아이를 멕시코에서 불법 입국시킬 때 두 가지 옵션을 갖게 된다고 한다. 하나는 '사막을 횡단하는 가혹한 도보 여행'이고, 나머지 하나는 '위조 서류를 사용해 정규 검문소를 통과하는 방법'이다. 그런데 전자의 가격은 1500달러, 후자의 가격은 5000달러. 이민자 자신의 수입은 시간당 8~9달러. 게다가 미국 정부의 국경 순찰 예산이 증가하면서 '가혹한 도보 여행'의 성격이 샌디에이고 주변을 통과하는 당일치기 국경 횡단에서 도둑과 국경순찰대를 피해 마실 물을 들고 다니며 사나흘에 걸쳐 애리조나 사막을 통과하는 여정으로 바뀌었다고 한다. 당연히 도보 밀입국 시도 중 사망자는 급증했다. (포터가 월스트리트 저널에 근무할 때라고 하니 대략 2000년 직후의 이야기로 짐작된다.)

지급 능력이 되는 부모는 모두 5000달러짜리를 선택할 것이다. 돈이 없다면? 위험을 무릅쓰고 1500달러를 주고 아이를 빨리 데려올 것인가? 시간이 걸리더라도 5000달러를 모을 것인가? 5000달러 모으는 동안 값이 7000달러로 뛰어올라 있으면 어떻게 하나? 불법적인 일을 하거나 고리의 빚을 내서라도 당장 5000달러를 마련할 것인가? 우리 가족이 감내할 수 있는 불법의 정도나 이자의 한계는 어디까지인가?

나를 포함해 지금 한국에서 애를 키우는 대부분의 부

모는 이런 가혹하고 극단적인 비용 편익 분석에 내몰릴 일이 거의 없다. 감사할 따름이다. 아버지·어머니들, 할아버지·할머니들 덕이다. 우리 윗세대나 더 윗세대들은 히스패닉계 불법 이민자 자리에 있었을지 몰라도 우리는 국경 순찰 예산을 늘리라 마라 갑론을박하는 미국 사람들에 가깝다. 가깝다기보다 실제로 그렇다. 목숨을 걸고 탈북해서 가족들도 데려오기 위해 브로커 비용을 모으는 사람, 바늘 구멍보다 더 좁은 한국 법무부 난민 심사를 기다리는 사람들의 소식이 점점 늘어나고 있지 않은가?

그래도 부모가 직면하는 경제 문제, 비용 편익 분석의 본질은 비슷하다. 기회비용에 대한 각자 수준에서의 선택과 판단이다. 돈이 많으면 고민이 확실히 줄어들겠지만, 완전히 사라지지 않는다.

나의 경우, 기저귀나 분유 등급에 대한 선택 수준이든 고민이 좀 더 복잡해지고 규모도 커졌다. 아이와 보내는 일정, 가족 여행을 위해 방송 출연 일정이 겹친다면 무엇을 선택할 것인가? 출연을 포기할 수 있는 출연료의 상한선은 얼마로 할 것인가? 일보다는 가정이라고 하지만, 일에서 성과를 보이고 내 몸값을 높여야 가정을 잘 꾸릴 수 있지 않을 것인가?

일반적으로 볼 때 소득이 제일 높은 시기는 40대 중반에서 50대 초반이다. 그런데 나는 40대 중반으로 들어가는 시점에 이진이 아빠가 됐다. 이진이가 초등학교를 졸업할 때 나는 통계적으로 벌써 수입이 줄어드는 시기에 접어들게 된다. 줄고 말고를 떠나 언제까지 돈을 벌 수 있을지 알 수가 없다. 그렇다면 지금은 지출을 줄이고 어떻게든 수입과 저축을 늘려야 하는 시기라는 이야기가 된다. 이렇게 해서 '아이보다 일을 우선시해야 한다. 이게 다 아이를 위한 전략적 판단이다.' 같은 역설적 돌림노래의 수렁에 빠지게 되는 것이다. 생각해보면 우리 부모님들과 조부모님들, 불법 이민자 부부들이 다 겪었던 딜레마들이다.

그래도 남들만큼은 살아야 하는데 싶지만 그것을 알기도 어렵다. '남들'의 기준은 어디에다 둘 것인가? 일단 공식적 숫자는 이렇게 나온다. 우리나라에서는 매년 통계청이 실시하는 가계금융복지조사를 바탕으로 보건복지부가 고시하는 국민 가구 소득 중간값이 있다. 말하자면 전국의 모든 가구를 한 줄로 세워서 딱 중간은 이만큼 번다고 정부가 발표하는 셈이다. 지난 2022년 말 발표에 따르면 4인 가구는 540만 964원, 3인 가구는 443만 4816원이다. 더 면밀하게 따지려면 소득 말고 자산, 부채 등도 감안해봐야 하겠지만 온 가족이 한 해 5, 6천만 원 벌면 중간 부근이다.

근데 '내'가 생각하는 '남들'은 숫자 속이 아니라 내 눈에 보이는 사람들이라는 게 문제다. 아파트 주차장에 서있는 차 중에서는 내 차가 제일 후져 보인다. 내 친구, 아내의 친구들은 영어 유치원에 보내는 데 얼마나 든다고 한다. 친구까지는 그렇다 치고 직접 본 적은 없는 '친구의 친구'들은 애를 국제학교에, 무슨 영재원에 입학시켰다는 소식이 들린다. 입학하기까지 얼마나 들었고 입학 후에는 얼마나 든다고 한다. 그러니 "'남들'은 잘사는데 나만 처진다"는 소리가 나오는 거다. 나도 그럴 때가 많다. 근데 나의 이성은 '그게 그렇지 않다'고 설명해준다.

어릴 적 우리 집 형편은 괜찮은 편이었다. 하고 싶은 걸 못한 기억도 별로 없다. 물론 내가 부산에서 '초등학교' 다니던 1980년대 초반에 어린이가 하고 싶은 것 자체가 그리 다양하지 않았다. 인문계 고등학교로 진학하니 조금 달라졌다. 주위에 잘사는 친구들이 꽤 많이 눈에 띄고, 우리 집의 경제적 지위는 좀 하락했다. 서울에 있는 대학으로 진학해 X세대 소리를 들을 땐 우리 과 친구 중 나는 명백히 하위권이었다. IMF 위기 때쯤까지 우리 집 살림살이는 점점 나아졌고 부모님 덕에 학비, 하숙비 걱정 한 번 안 해보고 학교 다녔는데 준거집단이 변함에 따라 경제적 지위는 점점 하락했다. 아, 딱 한 번 다른 경우가 있었다. 논산 훈련소를 거쳐서 26개월 육군 사병으로 복무를 하는 동안, 전북에 있는 그 교통이 참 좋지 않던 부대 안에서 나는 부잣집 아들이었다. 복학해서는 다시 차상위계층. 현재 내가 교류하는 사람 중에서는 '여의도'나 '광화문' 사람들의 비중이 높다. 정치권, 언론계, 법조인, 대기업 등. 이 준거 집단에서 나의 경제적 위치에 대해서는 … 자세한 설명을 생략하겠다. 그런데 이제 나는, 샘나고 부러울 때가 여전 하지만, 준거집단 내 나의 위치에 대해 크게 안달복달하지 않는다.

옛날 어른들은 '사람이 위를 보고 살면 안 된다. 아래를 보고 살아야 한다.'고 말씀하시곤 했다. 아무리 생각해도 맞는 말이다. 감사하고 만족하고 살아야 행복하다. 그런데 우리는 다 안다. 한국전쟁 이후 지금까지 '우리도 남들처럼 살고 싶다'라는 집단적 욕망이 대한민국을 여기까지 끌어올렸다. 여기는 데이비드 소로의 '월든'도 아니고, 《오래된 미래》의 라다크도 아니다. 우리 사회를 위해서는 욕망을 끌어올리는 사람들이 필요하다. 그들이 자기를 갈아서 욕망을 실현하는 과정에서 GDP와 세수가 늘어난다. 우리 사회의 액셀러레이터다. 그리고 돌아가신 법정 스님 같은 분들도 필요하다. 그런 브레이크가 없으면 이 세상은 미쳐 돌아가버릴 것이다. 이명박 전 대통령 같은 경우에도 제일 감명 깊게 읽은 책으로 법정 스님의 《무소유》를 꼽지 않았나?

많은 사람은 액셀과 브레이크를 번갈아 밟아가며, 즉 이중 잣대를 지니고 산다. 액셀과 브레이크의 비중을 얼마나 잘 맞추느냐가 중요하다. 위를 보고 올라가다 목이 아프고 힘이 빠지면 아래를 봐야 하고, 아래를 보다가 너무 미끄러진다 싶으면 위를 봐야 한다. 많이들 그렇게 살고 있다. 문제는 이중 잣대에 보편적이고 정확한 기준을 잡을 수가 없다는 점이다. 누가 가르쳐주지도 않는다. 자기가 감내할 수 있는 기준을 정해가는 과정, 시행착오를 겪는 과정의 연속이 '오이코노미스트'로서 우리의 삶이다. 내 비결을 알려주고 싶은데 아쉽게도 그런 건 없다. 나는 그런 게 있다고 속삭이는 사람들은 사기꾼이라 생각한다. 다만 내 기준은 대강 이렇다.

'세상에 싸고 좋은 건 극히 드물다. 비싸고 좋은 건 많다. 근데 비싸고 나쁜 것도 꽤 있다. 다행히 이진이에게 필요한 물건, 서비스에는 다 가격표가 붙어 있다. 그것을 사기 위해 필요한 내 노동에도 대체로 가격표가 붙어 있다. 비싸고 좋은 걸 사는 건 별문제 없다. 저 품목을 비싼 것 사야 하므로 이 품목은 싼 것 사는 것도 문제될 일 아니다. 돈이 모자라서 이것저것 싼 것 사는 것도 마찬가지다. 근데 싸고 좋은 것 있다는 말에 속는 것이나 비싸고 나쁜 것 사는 건 문제다. 그 비싸고 나쁜 걸 사기 위해 내 노동, 아이와 함께할 수 있는 시간을 싸게 파는 건 정말 큰 문제다.'

앞서 언급한 가계금융복지조사에 보면 '가구주가 은퇴하지 않은 가구'를 대상으로 '노후 준비가 잘되어 있냐?'고 묻는 항목도 있다. '잘되어 있다'고 대답한 가구는

8.7%였다. 이 결과를 보고 나는 마음이 놓였다. 이 나라에서 돈 버는 사람 중에 91.3%가 내 동지들인데, 겁낼 것 하나 없다.

질문

- "'남들'은 다"라고 할 때의 '남들'은 누구인가?
- 나의 액셀과 브레이크는 잘 작동하고 있나?

마흔둘, 첫아이가 늦둥이

- - - - - - ▶

서른 정도까지는 출산은커녕 결혼에 대해서도 별생각 없이 살았다. "행복한 '정상 가정'의 가장이 되어야겠다" 혹은 '자유로운 영혼으로 홀가분하게 살겠다' 같은 생각 자체가 없었다. '남의 일' 혹은 '나중 일'이었다. 서른이 넘어서는 진짜 '일'을 열심히 했다. 운 좋게도 원하던 직업을 가질 수 있었고 실제로 해보니 진짜 재밌었다. 하고 싶은 일을 할 수 있게 됐는데 재밌기까지 하니 당연히 열심히 했고 자연스럽게 좋은 성과와 평가가 뒤따랐다.

그렇게 몇 년을 살다 돌아보니 삼십 대 중반이 되어 있었다. 가족과 고향을 떠나 홀로 서울 생활을 한 지도 십여 년이 흘렀다. 좋은 여자를 만나 안정적인 연애도 하고 '이 사람이다' 싶으면 결혼도 하고 싶었다. 아내로 삼고 싶고 내가 남편이 되고 싶은 여자를 만나서 결혼하고 싶었다. 그러다 지인의 소개로, CBS 정혜윤 PD에게 이 자리를 빌려 다시 감사드린다, 2008년 11월 7일에 아내를 만나서 연애를 하다가 2009년 12월 19일에 결혼식을 올렸다. 통계청에 따르면 2009년 평균 초혼 연령은 남성 만 31.6세, 여성 만 28.7세로 나온다. 그 당시로는 내가 3.7년 정도, 아내는 1.4년 정도 만혼인 셈이다. 내 심리적 척도로는 '좀 늦었는데 그렇게 많이 늦은 건 아니다' 정도였다.

모아놓은 돈에 더해 감사하게도 부모님 도움도 받고 빚도 내서 출퇴근하기 나쁘지 않은 서울 시내 25평 아파트 전세를 얻어 첫 살림을 꾸렸다. 그때나 지금이나 혼인과 출산의 가장 큰 허들 중 하나가 집 문제이지만, 글로벌 금융 위기 직후인 그때 전셋값은 지금하고 비교도 안 되게 헐했다. (이 글을 쓰기 위해 찾아보니 2023년 1월 기준, 그 아파트 전세 시세는 13년 전 내가 들어갈 때 비해 3배가 훌쩍 넘는 수준이다. 운이 좋았다.) 괜찮은 보금자리에 새 가구 넣고 남들처럼 시작한 신혼 생활은 행복하고 순조로웠다. 박하지만 월급은 또박또박 나왔고 본업과 관련된 부업도 심심찮게 들어와서 쏠쏠한 보탬이 됐다. 프리랜서인 아내는 격무에 시달렸지만, 커리어도 올라가고 일이 끊이지 않았다. 안온한 시간이 흘렀다.

허투루 살지는 않았지만 허리띠 꽉 졸라매지도 않았

는데, 빚을 다 갚았고 2년 후 오른 전셋값도 저축으로 충당했다. TV 드라마에 나오는 '보통 신혼부부'가 이런 것인가 싶었다. 사실 이 '보통'은 진짜 '보통'이 아닌 걸 그때도 지금도 잘 알고 있다. 여의도나 판교 오피스타운에서 증권사, 포털사 사원증을 목에 걸고 다니는 '보통 직장인'이 '보통'이 아니고, 서울 시내 '중위권 대학'이 진짜 '중위권'이 아니고, 수도권 기준 전용면적이 85㎡(25.7평) 이하인 주택의 이름이 '국민주택'이라고 해서 진짜 '국민' 주택이 아닌 것과 같은 이치다.

'보통'이 아닌 '보통' 신혼부부로 살면서 '그래, 내 인생도 이제 번듯한 궤도로 접어들었구나!' 생각했다. 그렇게 살면서 그냥 '때 되면 우리도 아이 생기겠지' 하는 마음이었다.

"아, 좀 있다가요."

양가 부모님이 간혹 물어보면 심드렁하게 말하고 말았다. 결혼 생활이 안정되고 빚도 꺼지면서 "아, 이제 그 '때'라는 게 왔나?" 싶던 차에 '때'가 오기는 했는데 전혀 다른 차원의 '때'였다. 결혼한 지 2년 반 만에 내 커리어에, 아니 인생행로 자체에 큰 변화가 닥쳐왔다. 이 선택은 정말 내 삶의 궤도를 바꿔놓았고 가족, 이후 이진이의 출생과 삶(?)에도 큰 규정력을 행사하고 있다. 좋지 않은 사건 사고라고 할 건 아니고, 의미는 있지만 불확실성이 큰 제안

을 내가 받아들인 것이다. 아내도 흔쾌히 동의하며 응원해
줬다.

　2012년 6월, 기자 생활을 그만두고 대선 (준비) 캠프에
합류했다. 이미지가 좋고 유력한 축에 꼽히는 후보였지만
캠프 규모도 작고 나는 초기 멤버에 속하는 축이라 분에
넘치게 역할이 많았다. 기자 생활이 익숙해져서 긴장이 조
금 떨어지던 차인지라 열심히 했고 재미도 있었다. 후보의
지지율도 올라가서 청와대가 아른아른하게 보였다. 신문,
방송에 '주요 참모'로 등장하는 횟수가 많아졌고 '나는 높
은 자리에 가도 국민만 바라보고 일하고, 항상 겸손한 태
도로 싹수없다는 소리는 안 듣겠다'고 남몰래 김칫국도 많
이 들이켰다. 하지만 내가 보좌하던 후보는 경험과 뒷심
부족으로 등록 직전에 사퇴하고 말았다. 그가 지지한 후보
도 낙선했다.

　지금 생각하면 '멘붕' 상황인데, 그때는 별생각이 없었
다. 선거 패배 후 '부어라 마셔라'로 시간을 보내던 어느 날
밤 귀가하자 아내가 말했다.

　"여보, 우리 쿠바로 가지 않아도 돼?"

　무슨 말인가 싶다가 몇 달 전 일이 생각났다. 사표를
내고 대선에 뛰어들 계획을 말하자 아내는 내게 힘을 실어
주면서 질문했다.

　"근데 선거 끝나면 뭐 해?"

"글쎄, 이기면 아마 아주 바빠지겠지."

"만약에 지면?"

"그러면 우리 쿠바로 떠나자. 쿠바로 가서 모든 걸 다 잊고 논 다음에 돌아와서 생각해보자."

사실 '다음에 여유 있으면 볼리비아 우유니 소금사막에 가자', '언젠가 나중에 아르헨티나 파타고니아까지 가보자' 같은 이야기였는데, 아내의 그 말을 듣는 순간 뒤통수를 한 대 맞은 느낌이었다. 그간 얼마나 마음고생이 심했을까.

"무슨 소리야. 가야지!"

부랴부랴 준비를 해서 쿠바로 떠났다. 지금 생각해봐도 내 인생에서 제일 잘한 일 중에 하나가 그때의 쿠바 여행이다. 쿠바에서 돌아오니 패배를 곱씹던 후보가 다시 정치를 재개할 뜻을 밝혔고 나도 자연스럽게 다시 합류했다. 그러다 생각지도 않던 국회 보좌진 생활이 시작됐다. 아침에 출근하고 밤에 퇴근하는 생활이 다시 시작되면서 바쁜 나날이 이어졌다. 그러다 '이건 좀 내 생각하곤 다른데' 하는 일이 점점 많아졌고, 이렇게 계속 '한 사람'을 보고 일하는 건 아니다 싶어서 사표를 냈다. 한 번이 어려워서 그렇지 두 번째는 그리 어렵지도 않았다.

스스로를 돌아보니 참 형편이 무인지경이었다. 나이는 마흔을 넘겼지, 백수인데다가 정치 때가 묻었지, 모아

놓은 돈도 없지 … 설상가상으로 건강 상태가 상당히 좋지 않다는 진단도 받았다. 몇 년간 과로, 과음, 운동 부족이 겹쳤으니 당연한 일이었다. 내가 한가해지자 간섭할 공간 (?)이 생긴 부모님은 '왜 아이는 안 갖느냐?'는 압박의 강도를 높이기 시작했다. '어떻게든 되겠지'의 낙관과 '앞으로 어떻게 하지?'의 비관 속에서 힘든 시간을 보냈다. 아내가 없었으면 더 힘들었을 것이고 그 시간도 더 오래였을 것이 분명하다.

어쨌든, 건강이라도 회복하자 싶어서 동네에서 무작정 걷고 뛰었다. 그러자 몸이 조금씩 제자리로 돌아왔고 머리도 맑아졌다. 이런 일을 해보자 하는 생각도 점점 구체화됐고 주위의 도움도 많이 받아 어디 소속이 아니라 내 이름 석 자를 걸고 일을 시작하게 됐다.

그렇게 다시 여유를 회복하자 이제 정말 아이를 가져야겠다 싶었다. 나름의 부침을 겪었고 나이는 먹어가고 마음이 급해졌다. 하지만 아이는 쉬이 오지 않았다. 이런 저런 이유로 아내와 다투는 일도 많아졌고 부모님과 사이도 좋지 않아졌다. '내가 더 노력하자'는 마음과 '애가 없으면 없는 거지' 하는 마음이 교차했고 주위의 출산, 임신 소식을 들으면 마음이 편치 않았다. 그와 별개로 일은 조금씩 늘어나고 익숙해져서 앞길이 조금씩 보였다. 그러던 2016년 1월 초, 아내가 아이를 가졌다. 우리가 결혼한 지만 7년을 넘겼고 내 나이가 마흔셋이 된 직후였다.

그냥 멍했다. 눈에서 별이 반짝거리면서 아무것도 보이지 않았다. 병원에 가서 '공식적'으로 확인받은 후 정신을 차릴 수 있었다. 지난 몇 년간 내 인생의 롤러코스터 장면들이 눈앞에서 좌라락 흘러가면서 이런 생각이 들었다.

"이렇게 많은 일과 어려움을 겪게 하고 또 그것을 극복하게 한 다음에, 이렇게 아빠를 한 뼘 키운 다음에야 '이제 준비됐지?' 하면서 네가 왔구나!"

지금 생각하면, 또 남한테 이렇게 말하기에는 가당찮고 거창한 이야기지만 실제로 좀 그렇게 생각한다. 아이를 갖기 전 몇 년의 시간 동안 조금 더 성숙해질 수 있었고, 나와 세상에 닥치는 풍파 앞에서도 조금 더 평정해질 수 있었다. 그래서 지금의 내가 훌륭한 인격자라는 건 아니고, 운 좋게도 그전보다는 좀 더 나아진 상태에서 아빠가 됐다는 이야기다.

어쨌든, 뭐든 다 기쁘고 고마웠다. 아내에게 고맙고, 이렇게 우리에게 와준 새 생명에게 고마웠다. 잉태된 새 생명이 잘 자라 무사하게 세상으로 나오는 것 외에는 더 바랄 것이 없다 싶었다. 그렇게만 된다면 아내와 아이에게 평생 감사하고 잘하며 살겠다고 다짐했다. 지금도 그 다짐에는 변함이 없다. (물론 다짐에 변함이 없다는 것과 실천을 하고 있다는 건 상당히 다른 이야기지만.)

남들 같은 임신 기간이 흘러갔다. 인생을 살면서, 결혼 생활을 하면서 보편성을 표현하는 '남들 같은'이라는 말속에 개별성과 특수성이 무겁게 농축되어 있다는 걸 깨달았지만 임신 기간에 더 뼈저리게 느꼈다. 물론 이때 느낀 건 나중에 이진이를 키우면서 느낀 것에 비하면 새 발의 피에 불과하기는 하다. 아내는 남들 같은 입덧을 했고 남들같이 힘들어했다. 나도 남들 같은 남편 노릇을 했다. 먹고 싶다는 샌드위치, 제철 아닌 과일을 사 오고 그러면서…. 입덧하는 아내를 위해 간식 사 오는 그 클리셰cliché를 내가 드디어 구현하고 있다는 것이 감사했다. (물론 뒤로 갈수록 그 감사는 약해졌다.)

안 보이던 것들이 보이기 시작했다. 산부인과 의료시스템, 건강보험의 보장 범위, 복지체계, 국가와 지자체의 출산 장려 정책 등 여러 가지가 있었지만 그중 제일 큰 건 다름 아닌 내 나이였다. 이제부터 내 나이가 그냥 나의 나이가 아니게 됐다. 아빠 나이가 되는 것이다. 아이 태어나면 내가 몇 살, 학교 갈 땐 내가 몇 살, 내가 환갑 땐 아이가 몇 살 … 이렇게 꼽아보니 그냥 실소가 터져 나왔다. 아내 태중의 아이와 나는 42년 차이, 첫 아이가 늦둥이. 갑갑했지만 역시 나는 '남들처럼' 만혼에, 고령 출산이라는 시대의 흐름을 잘 따르고 있다고 생각하기로 했다.

주위를 돌아보니 우리 같은 경우도 꽤 있었다. 일단 아내는 산부인과 병원 임산부 중에 연령상 중상위권 정도였지, 최상위권은 아니었다. 고맙게도 유모차, 카시트, 아이 놀이 매트 같은 꽤 돈 드는 물건들을 고스란히 물려준 친한 선배 김경록-황혜영 부부도 쌍둥이 아들이랑 40년 차이, 몇 년 위 선배가 우리보다 일주일 정도 늦게 첫 아이를 출산한다는 소식도 들려왔다. 마음이 한결 편해졌다.

이런 와중에 출산일이 다가왔다. 전날 아내가 가고 싶다는 식당을 차례로 돌며 냉면, 멘보샤, 짬뽕을 먹고 수유 때문에 한동안 끊어야 할 커피도 마셨다. 그다음 날 아이가 무사히 세상으로 나왔고, 나는 아빠가 됐다.

질문

- "'때'가 되면 다"의 '때'는 언제인가?
- 아이를 갖는 데 '늦다'고 판단할 수 있는 기준이 있을까?

아빠 모티베이션

운이 좋았다. 우리 부부의 여러 상황이 상당히 안정적인 시점에서 이진이가 태어났다. 프리랜서인 아내는 일을 그만뒀고 나도 새로운 일에 꽤 익숙해져서 업무 약속이나 방송 출연, 언론 기고 스케줄을 조정할 수 있는 여유와 눈치도 늘어났다. 영아 육아에 있어서, 애가 좀 더 커도 마찬가지지만, 중요한 요소는 무엇일까?

사랑? 당연하다. 디폴트로 제쳐 놓자. 부모의 건강? 중요한 요소다. 체력? 정말 중요하다. 마음의 건강이 더 중요하다고 생각하는데, 체력도 중요하다. 몸이 마음을 못 따라가면 많이 힘들어진다. 또 중요한 것은? 돈과 시간이다. '돈이 그렇게 중요하냐? 돈 없으면 애도 못 키우느냐?'는 반문이 나올 수 있겠지만 실제로 중요하다. '얼마면 되냐?'

는 물음에는 뭐라고 대답을 못하겠다.

여기 아이러니한 현상이 있다. 우리나라는 고도 성장기인 1970년대부터 강력한 산아 제한 정책과 더불어 인구 동향조사를 시작했다. 1971년 4.5명 수준이던 출산율은 1984년에는 인구대체율이 2.1명 수준으로 반 토막이 났다. 여기까지야 그렇다 치고 그다음이 문제다. 선진국 클럽이라고 하는 OECD에 가입한 1996년에는 1.57명, 1인당 GDP가 2만 달러를 돌파한 2006년에는 1.13명, 3만 달러를 돌파한 2017년에는 1.05명이고 그 이듬해부터는 1.0명 아래다. 아시다시피 대한민국은 인구 소멸 국가다. 그러니까 돈이 많아질수록 점점 아이를 안 낳고 있다는 이야기다. 애 낳고 키우는 데 중요한 게 돈이라고 하는데, 돈이 많아질수록 애를 덜 낳고 있다. 그것도 매우 급격하게.

내 생각에 돈만큼 중요한 요인은 '시간'이다. 과거에는 시간이 많아서 애 많이 낳아 키웠냐고? 맞다. 과거에는 시간이 많았다. 애 만들 시간도 많았고 키울 시간도 많았다. 일찍 결혼하니 애 만들 시간이 많은 건 당연한 이치이고, 가족 구성원 전체의 관점에서 보면 애 키울 시간도 훨씬 많았다. 아빠는 일터에서 오래 일해도 엄마의 취업률은 낮았다. 돈 버는 것 말고 밖에 나가서 딱히 할 일도 없었다. 게다가 할아버지, 할머니에 고모와 이모도 있었고 터울 있는 형과 누나도 동생을 돌봤다. 급하면 옆집 아줌마도 애를 봐줬다. '옛날' 이야기다. 돌아갈 수도 없을 뿐더러 돌아가는 게 옳지도 않다.

국가도 개인도 돈은 많아졌는데 시간은 줄어들었다. 일해야 해서 돈과 출산율이 반비례관계를 보인다는 건 결국 돈과 시간이 반비례관계라는 뜻이 된다. 여성과 노년층의 고용률이 높아지고, 일자리를 갖기 전까지 학업 등에 투여되는 시간도 늘어났다. 일하고 공부하는 데 투여되는 시간과 노력이 늘어나니 그 스트레스를 해소하기 위해 여가에 보내는 시간도 늘어나야 한다. 그렇게 되니 과거에는 각 가정이나 동네 공동체에서 담당하던 영역들이 사회 서비스의 영역으로 넘어간다. 시장과 일자리가 늘어나는 셈이다. 거기서 돈 버는 사람도 늘어나고 그것을 구매하기 위해 돈을 더 벌어야 하는 사람도 늘어난다. 돈과 시간의 함수관계는 이렇게 형성된다.

과거보다 다들 잘산다. 나도 잘살아야 한다. 공부도 많이 해야 하고 일도 열심히 해야 하고 놀기도 남들만큼 해야 한다. 그러다 보니 결혼하고 애 낳을 시간이 없다. 대가족, 지역사회 같은 사적 안전망이 사라졌으니 애 키우는 데 투여되는 시간은 과거보다 더 늘어나 있다. 돈 벌어서 시간을 사는 방법이 있는데, 그러려면 일을 더 많이 해야 하고 시간도 더 투여해야 한다. 시간 들여 시간을 사는 악순환의 뫼비우스 띠에서 벗어날 방법이 없으니 결혼도 안

하고 애도 안 낳는 게 속 편하다. 꼭 하고 싶으면 여유가 생길 때까지 미루든지.

이에 대한 해법도 이미 나와 있다. '무소유'로 정신 개조를 하거나 한집에서 가장만 대표로 일해서 가족 임금을 받던 시절로 돌아갈 수는 없다. 노동생산성을 높여서 돈 버는 데 들어가는 시간을 줄이고, 사회 서비스 구매에 드는 개인 부담을 낮춰줘야 한다. 출산율 반등에 성공한 일부 선진국들이 그랬다.

답은 아는데, 이것을 실천하기는 어렵다. 그게 문제다. 사회가 바뀌어야 하고, 바뀌기 위해서는 사회 구성원들의 합의와 노력이 필요하다. 그런데 사회가 바뀌기를 마냥 기다릴 수는 없고 각자의 삶은 또 각자가 살아내야 하는 것이 냉정한 현실이다. 이러다 보니 사회가 개인에게 '나는 준비 안 됐는데, 너는 애 낳아서 키울 준비가 다 됐냐?'고 묻는다. 각 개인도 스스로 '사회가 무책임하게 물어보는데 어떻게 하지? 내가 빡세게 준비 다 해야 하는 거 아냐?'라고 묻는다.

어릴 때 '공부 다 했어?', '공부 다 하고 놀아라' 같은 엄마의 말씀을 이해하기 어려웠다. 초등학생 소견에도 공부에 '다'가 어디 있나? 하다가 놀고, 놀다가 또 하고 그러는 것이지 싶었다. 나이가 좀 든 뒤에 그 '다'라는 게 '하기로 한 만큼'의 '단기적 목표'를 말하는 것이구나 하고 이해하기는 했다. 따지고 보면 세 사람으로 구성된 우리 가족도 '남들처럼' 이런 구조의 산물이다. 바쁘게 정신없이 살다가 좀 여유가 생기자 늦게 결혼을 했고, 또 바쁘고 정신없다가 한숨 돌린 후에야 아이를 가질 수 있었다. 결혼과 출산을 위한 준비 정도나 수준은 각자가 판단하는 수밖에 없다. 내가 남들에게 '아무리 못해도 이 정도까지는 해놓은 다음에'나 '이 정도 최소 기준만 맞추면 된다'의 '이 정도'를 감히 말할 수 없다. 다만 준비 수준을 너무 높이면 그것을 충족시키기 위한 돈과 시간도 많이 들고, 그러면 돈과 시간 사이의 악순환이 강화된다는 이야기는 해주고 싶다. 각자가 돈과 시간의 최적 조합을 맞추는 수밖에 없다.

겪어 보니 육아도 마찬가지다. 직장에 얽매여 있지 않았던 (다시 말해 정규직 직장인이 아닌) 우리 부부는 시간을 운용하기는 쉬웠다. 아내는 일을 중단했고 나는 조정했다. 대신 우리에게는 일반 직장인 같은 유급휴직, 유급휴가, 격려금 … 같은 건 전혀 없었다. 일하는 시간을 줄이면 수입도 줄어드니까, 참으로 명료하게 돈 주고 시간을 산 것이다. 나름의 대응책은 마련했다. 내 노동을 스스로 통제할 수 있으니 좀 더 압축적으로 일할 수 있었다. 업무상 혹은 사회생활 명목의 식사와 술자리는 과감하게 줄였다. (줄였다는 것이지 끊었다는 건 아니다.) 다행히 업무상 파트너들도 많이 이해해주고 격려해줬다. 돈 버는 데 실제로 필요한 노동시간의 감소량을 최소화하면서 육아와 가사에 실제로 투여되는 시간의 증가량은 최대화하는 어떤 균형점이 형성되는 느낌이었다.

지금도 내 딸 이진이의 신생아 시절에 깨달은 이 균형점을 지키려고 노력하고 있다. 물론 이 균형점은 고정된 것이 아니다. 가정에 대한 시간 수요가 늘어나면 돈 버는 시간을 좀 줄여야 한다. 바깥에서 좋은 일을 할 수 있는 기회가 오면 거꾸로 집에 투여하는 시간을 줄여야 한다. 그렇지만 전체적인 균형이 깨지는 건 피하면서 최적화 상태를 유지해야 한다. 복잡하게 설명한 걸 쉽게 말하자면 이게 바로 '워라벨'이다. 최적화 상태에 대한 판단과 유지는 각자가 알아서 할 몫이다. 국가, 사회, 부모가 이것을 대신해줄 수는 없다. 자기 몫을 잘하려면 좀 더 전략적으로 사고하고 행동할 필요가 있다.

예컨대 최적 상태를 위협하는 요소를 인식하고 예방해야 한다. 가족 구성원 중 누군가의 육체적 건강에 문제가 생기거나, 심리적 안정성이 훼손되면 어렵사리 찾은 균형점이 널을 뛰게 된다. 널뛰는 균형점을 따라잡기 위해 허둥거리다가 최적 상태가 깨진다. 그러다 보면 상황이 더 나빠지고 결국은 아예 균형점을 잃게 된다. 쉽게 말해 몸과 마음이 건강하도록 늘 노력해야 한다는 이야기다. 원래 전략이란 게 특별한 것이 아니다.

전략 이야기를 좀 더 해볼까. 좋은 목표 그리고 현실적인 목표를 수립하는 것이 첫 단계다. 그다음은 그 목표를 달성하기 위한 실제적이고 효율적인 계획을 세우는 거다. 이게 전부다. 전략 다음은 수행, 즉 계획의 실천인데 열심히 하는 수밖에 없다. 열심히 하기 위해서는? 모티베이션(동기부여)이 떨어져서는 안 되고 그 수행 자체가 즐거워야 한다.

심리적 요소는 전략 수행 능력을 높인다. 계획이 좀 헐겁더라도 동기부여가 강화되면 전력이 세어진다. 이진이가 태어나고 나름의 '워라벨' 균형점을 찾았지만, 앞길이 탄탄대로인 건 아니었다. 부부 합산으로 따져볼 때 일은 줄었고 돈의 관점에서 보면 미래는 여전히 불투명했다. 그래도 원래 불투명했던 것이지 갑자기 더 불투명해진 건 아니고, 몇 년 동안 풍파를 겪으면서 불안정한 환경을 돌파하는 힘과 평정심은 강해졌다. 게다가 아빠가 되니 모티베이션은 월등히 세졌다. 아내에 대한 감사와 사랑도 더 커졌고 뭐랄까, 전우애나 동료애 같은 것이 새로 생기는 느낌이었다. 아마 많은 다른 사람들도 마찬가지일 것이다.

'아빠 모티베이션'을 높이는 방법은 다양하겠지만 나의 경우에는 이런 것들이 주효했다. 먼저 아내의 칭찬. 언제 어디서든 칭찬은 힘 있는 보상 기제다. 고래도 춤추게 한다지 않나? 그런데 일이나 다른 사회생활에서는 돈과 다른 사람들의 높은 평가가 보상 기제가 될 수 있지만 신생아와 함께 새롭게 시작하는 가정생활은 그렇지 않다. 잘한다고 누가 돈 주는 것도 아니고 속사정 모르는 사람의 덕담도 크게 와닿지 않는다. 오직 아내만이 나에 대한 평가와 보상의 주체다. 어떻게 하면 진심 어린 칭찬을 받을까? 두 가지 방법이 있다. 첫째 잘하는 것, 둘째 선제적으로 아내를 칭찬하는 것이다. 먼저 칭찬해주면 아내도 기분이 좋고 힘이 날 것이고 내게도 칭찬으로 화답해줄 확률이 높아진다.

그런데 아기 엄마들에게 따로 한마디 하자면, 아빠도 힘들다. 나이 들은 아빠는 더 힘들다. 엄마의 힘듦은 여자의 힘듦과 연결되듯이 아빠의 힘듦도 남자의 힘듦과 연결된다. 마흔 정도부터는 사회적 지위나 수입은 올라가지만, 신경 쓸 일이 너무 많아지고 육체적으로도 하락세로 접어든다. 중년에 접어든 남자 입장에서 사회에서든 집안에서든 과거에 비해 권위는 크게 하락했는데 책임은 그만큼 줄어들지 않았다. 게다가 아기 엄마들은 동성 친구나 친정 식구들에게 힘들다 하소연하는 것이 어색하지 않지만, 아빠들은 다르다. 갓난쟁이 버거워하는 아내에게 뭐라 할 수도 없다. 스트레스 푼다고 친한 친구를 만나도 술 마시거나 게임을 하는 게 고작이다. 그게 옳다는 게 아니라 사회화가 그렇게 됐다. 그렇기 때문에 남편에 대한 칭찬은 아내에게도 강력한 전략 무기가 된다.

아내의 칭찬 다음으로 보면 육아에 있어서 내 지위가 높아졌을 때 모티베이션이 강화됐다. 원래 단순 반복 노동 그중에서도 일방적 지시 수행은 더 힘들다. 그런데 신생아 육아에 있어서 아빠가 할 수 있는 일의 대부분은 단순 반복적 노동이다. 게다가 그 대부분은 아내의 지시를 수행하는 것들이다. 나름대로 열심히 하는데 제대로 못한다고 욕도 먹는다. 잘해봤자 '시키면 시키는 대로 하는 보조 양육자'다. 어쩔 수 없다. 나도 어쩔 수 없었다. 하지만 '젖 먹이는 것 말고는 나도 다 할 수 있다. 너나 나나 다 처음이다. 두고 보자!'며 반역의 욕망을 키워나갔고 지시와 지침 없이도 할 수 있는 육아 항목들을 하나씩, 하나씩 늘려나갔다. 처음에는 겁났지만, 해보니 그리 어렵지도 않았다. 그래서 아이가 오롯이 나만의 돌봄 속에서 까르르 웃을 때 도파민이 마구마구 생성됐고, 나는 지위 상승의 욕망을 실현했다.

질문

- 시간으로 돈을 사는 행위의 균형점은 어디일까?
- 엄마의 '아빠 칭찬'은 그 가성비가 얼마나 높을까?

2 바라지 말고, 시키지 말고

눈물의 돌잔치

군대를 보유하고 있는 국가들이 대부분 채택하고 있는 참모본부 제도를 정립한 주인공이자 스스로가 프로이센-독일제국의 참모총장을 30년간 지낸 헬무트 폰 몰트케는 '모든 작전 계획은 적과의 첫 접촉 순간, 쓸모가 없어진다'는 명언을 남겼다. 대중적으로 더 잘 알려진 버전은 '누구나 그럴싸한 계획을 가지고 있다. 한 대 맞기 전까지는.'이라는 헤비급 복싱 챔피언 마이크 타이슨의 이야기다.

　내가 생각할 때 아빠 노릇도 이와 비슷하다. 아빠가 될 준비를 하는 것, 책으로 예습하고 각오를 단단히 하는 것과 실제 아빠가 되는 건 다르다. 특히 영아기에는 한두 시간마다 자다 깨기를 반복하고, 알 수 없는 이유로 시도 때도 없이 울어대는 아이 앞에서는 그냥 머릿속이 하얘져버린다. 더 큰 문제는 아내다. 출산의 고통과 그에 따른 육체적 변화, 모유 수유의 수고 등은 나눠질 수 있는 짐이 아니다. 남자에게는 간접경험과 짐작의 영역일 뿐이다. 그러니 어쩔 줄 몰라서 진심을 담아 발을 동동 구르고 있다가 구박을 받기도 한다. 오죽하면 그러려니 싶지만, 속으로는 짜증이 난다. 난생처음 아빠가 돼서 나름대로 한다고 하는데 꿔다 놓은 보릿자루가 된 느낌이다. 어쩔 수 없다. 이 시기에는 엄마가 압도적으로 힘들다. 임신, 출산, 영아기에는 아무리 잘해봤자 아빠는 '도와주는' 존재다. 누구나 굳은 각오를 다지겠지만 육아라는 현실 세계에 직면하고 무력감과 자괴감을 떨쳐버릴 수가 없다.

이러니까 우리 주위에도 '어차피 준비해봐야 소용없어'라고 심드렁하게 말하는 몰트케와 타이슨들이 있다. 그런데 잘 새겨들어야 한다. 몰트케 이야기의 초점은 계획의 무용함이 아니라 전술 환경의 변화에 대처하는 '임기응변의 중요성'을 강조한 것으로 받아들여야 한다. 큰 벌판에서 양측 대군이 모여서 대회전을 벌여 승패를 결정짓는 시대의 작전 계획은 쓸모가 없어졌으니, 전선의 중심을 파악하고 병력과 화력을 기동시켜 전력을 집중시킬 수 있는 능력을 키워야 한다는 이야기다. 정치로부터 군 통수권의 독립, 군 작전에 철도 활용 등의 혁신을 통해 주변국과 전쟁을 승리로 이끌어 독일 통일의 일등 공신으로 추앙받는 사람이기에 그런 말을 할 수 있었다. 타이슨이라고 다를까? 부단한 훈련을 통해 스피드와 상황 대처 능력을 키워 헤비급 복서라기에는 작은 키와 리치를 극복해서 챔피언이 된 인물이다.

요컨대 철저한 계획과 준비를 해도 실전에서는 당황할 수밖에 없다. 하지만 그 당황을 극복하고 현실을 타개할 수 있는 능력은, 좋은 가르침과 준비를 통해서만 키울 수 있다. 인생사가 다 마찬가지지만 애 키우는 것도 그렇다. 그래도 다행인 것은, 갓난아이의 아빠가 되는 건 상대를 쓰러뜨리지 않으면 내가 쓰러지는 전쟁이나 복싱이 아니라는 점이다. 몰트케와 타이슨보다 더 어려운 점도 있다. 몰트케는 덴마크 육군사관학교와 프로이센 전쟁학교에서 전쟁하는 법을 배우고, 타이슨은 전설적 복싱 트레이너 커스 다마토의 집에서 정식 데뷔 직전까지 숙식하면서 권투를 배웠지만 아빠 학교, 아빠 선생님은 없다.

물론 많은 아빠는 자기 아버지의 삶을 보면서, 아버지의 아들로 자라면서 가장의 무게와 인격 그리고 세상을 사는 법을 배운다. 우리 아버지들은 구구절절한 말이 아니라 자기의 뒷모습을 통해 '암묵지'를 전수해주었다. 나도 그렇게 배웠다. 그런데 자기 아들에게 기저귀 가는 법, 분유 타는 법, 열 재는 법, 목욕시키는 법 등을 가르쳐준 아버지를 본 적은 없다. 아마 우리 아버지들 중에 그것을 아는 사람도 거의 없을 것 같다. 안 해봤으니 모르고 모르니까 안 가르쳐주는 거다. 할아버지가 돼서 배우는 사람은 요즘 꽤 있는 것 같지만.

그래도 나는 다 해봤다. 책으로 보고, 유튜브로 익혀서, 아내한테 물어보고 자꾸 해보니까 되기는 되더라. 한 대 맞고 나면 정신이 번쩍 들고 본능적으로 가드를 올리기 마련이다. 미리 훈련과 연습을 많이 해두면, 몇 대 맞고 나서는 저절로 주먹과 발이 움직인다. 어차피 닥치면 다 하게 마련이지 하고 준비를 안 했다면, 더 많이 맞고 코피 터질 수밖에. 계획대로 되는 건 아니지만 준비를 많이 하면 덜 맞을 수는 있다. (나는 모유 수유 말고는 다 해봤고 지금도 뭐든 다 할 줄 안다고 자랑스러워하지만, 그래도 여전히 어려워서 아내에게 거의 떠넘기는 것이 있다. 필요한 물건 고르기.)

내가 지금 실전 육아법을 알려주고 싶지만, 여기서 자세한 설명은 생략하겠다. 그래도 몇 가지 팁을 제시하자면, 일단 '내 일'이라고 생각해야 한다. 실제로 모유 수유 외에는 아빠가 못할 일은 없다. 아기는 엄마 몫이라고 생각하면 정말 아빠 몫이 없어진다. 물론 근로 조건을 포함해 처지가 제각각이긴 하지만, 가능한 아기와 함께 있는 시간을 최대한 늘려야 한다. 붙어 있어야 돌볼 기회가 많이 생기고 그래야 실력이 늘어난다. 실력이 늘어나야 힘이 덜 든다. 붙어 있어야 애도 아빠의 손길을 어색하게 여기지 않는다. 반대로, 붙어 있지 못하면 어색하고 어쩌다 마음먹고 돌보려 하면 실수할 가능성이 커지니 결국은 손을 놓아버리게 된다. 요즘 유행하는 말로 '회복탄력성(resilience)'을 강화하기 위해서는 붙어 있는 시간을 최대한 늘려야 한다. 회복탄력성 강화의 또 다른 중요한 요소는 체력이다. 신생아와 함께 지내면 수면의 양과 질이 떨어지고 긴장감도 높아지고 뭘 잘 차려서 먹기도 힘들어지니 체력이 떨어지기 마련이다. 그런데 출산과 아빠 체력의 상관관계에는 다른 면도 있다. 나 같은 경우에는 직업적 특성상 (근데 사실 내가 좋아서) 저녁 약속, 술자리가 잦은 편인데 출산일이 가까워지면서부터 정말 피치 못할 경우를 제외하고는 중단했다. 이진이가 태어나서도 한동안 외부 약속 최소화 기조는 이어가니 저절로 체력이 좋아졌다. 일종의 기저 효과랄까?

물론 아빠가 불가피한 이유로 영아기 때 많이 돌보지 못했더라도 유아기에 충분한 시간을 보내면 문제될 일은 없다. 하지만 꼬물거리는 내 자식을 내가 직접 돌보는 것의 충만감은 정말 대단하다. 때로는 실질적 보상도 있다. 이진이가 태어나서 처음으로 발음한 단어가 '아빠'다. 정말 기분이 짜릿했다. 귀에 못이 박히게 아빠라는 소리를 들려줘서 그 음가가 아이 입으로 그대로 나온 것 같지만 그게 어딘가! 사실 한국 아이들은 엄마보다 아빠로 말문을 여는 빈도가 다른 나라 아이들보다 높다. 특히 우리나라 아이들이 아빠를 좋아해서는 아닌 것 같고 음운학적 이유 때문인 것 같다. 우리나라 말 아빠-엄마는 영어로는 Papa-Mama, 중국어로는 爸爸[baba]-妈妈[mama], 프랑스어로는 Papa-Maman, 독일어로는 Vati-Mutti가 된다. 엄마를 뜻하는 다른 나라 말은 대체로 양순 비음 므(M)에 모음 ㅏ(a)가 붙고 아빠를 뜻하는 말들은 대체로 양순 파열음 프와 브에 모음 ㅏ가 붙는다. 두 입술을 붙이고, 코로 공기를 내보내면서 입술을 떼 내는 양순 비음을 발음하는 게 제일 쉽다. 그래서 파파보다 마마가 쉽게 나온다. 하지만 아빠와 엄마는 둘 다 모음으로 시작하고 ㅏ 모음보다는 ㅓ 모음 발음이 편하다.

이런 식으로 이진이는 옹알이, 뒤집기, 배밀이, 이유식 시작하기, 아빠 다음 엄마 발음하기 등 여러 아기 숙제를 차곡차곡 해치웠다. 처음 하는 아빠 노릇을 힘들어하다가 즐거워하면서, 자다가 벌떡 일어나 아기가 숨은 제대로 쉬는지 한참 들여다보다가 같은 시간을 보냈다. 그러다 1년이 흘러갔는데, 이때부터 다른 차원의 고민이 시작됐다. 바로 돌잔치다.

뭐랄까, 돌잔치는 결혼식과 유사한 면이 있는 것 같다. 당사자들에게는 일생에 한 번뿐인 중요한 행사이고 통과의례다. 이날 이후 정식 부부가 되는 것이고, 이날 이후에는 영아기에서 유아기로 넘어가게 된다. 남들만큼은 하고 싶고 또 다른 사람들 시선도 많이 신경 쓰이는데, 남들은 축하해주기는 하지만 잘 기억하지도 못하고 심지어 참석을 귀찮아하는 그런 행사다. 결혼식과 돌잔치의 차이는, 결혼식은 신랑·신부뿐 아니라 부모님의 입장이나 의견을 상당히 반영할 수밖에 없는데 그래도 돌잔치는 할아버지·할머니의 비중은 상당히 낮을 뿐더러 주인공인 '아기'의 의견은 전혀 반영하지 않아도 된다는 점이다.

이진이를 낳기 전부터 인기 좋은 곳에서 돌잔치를 하려면 출산 날부터 예약해야 한다는 흉흉한 소리도 듣기는 했다. 살펴보니 '인기 좋은 곳'은 두 가지 부류였다. '품격'과 '가격'이 동시에 하늘을 찌르는 유명한 특급호텔의 소규모 연회장, 세 자리 숫자 이상의 손님을 초청해서 말 그대로 잔치를 치를 수 있는 널찍하고 교통 편리하며 '가성비'도 좋은 전문 뷔페식당.

마음 같아서야 세 자리 숫자 이상의 손님들을 특급호텔 대형 연회장으로 초청해서 맛있는 음식도 대접하고 우리 아이가 건강히 무사히 첫돌을 맞이한 데 대한 감사의 마음을 전하고 싶었지만…. 그건 기각.

고민을 하다가 직계가족 및 아주 가까운 친지, 초대하기 부담스럽지 않은 우리 부부의 친구 몇몇을 초청해 집 가까운 곳에서 돌잔치를 했다.

"이진이의 첫 생일을 축하하기 위해 이렇게 와주셔서 너무나 감사합니다. 이진이가 지난 1년간 크게 아픈 곳 없이 밥 잘 먹고 건강하게 잘 자라줘서 아빠로서 너무 고마웠습니다…."

나도 모르게 목이 메고 눈시울이 붉어졌다. 숙연한 분위기가 될 줄 알았는데 옆에 서 있던 아내를 비롯해 모든 손님들이 나를 보고 웃음을 터뜨렸다.

근데 나는 나름 진지했다. 이진이가 아내 배 속에서부터 돌이 되도록 정상 발달 단계를 잘 거친 것에 대한 감사와 안도, 앞으로는 정신적 사회적으로도 정상 발달 단계를 잘 밟아 나가기를 바라는 마음, 정상이라는 개념의 폭력성과 배타성에 대한 고민, 정상적인 내 아이가 정상에 못 미치는 사람들을 따뜻하게 품을 수 있을 만큼 품이 넓기를 바라는 또 다른 욕심, 그 욕심에 대한 복잡한 심사 등이 뒤섞여 마음이 묘했기 때문이다. 그 자리에서 내 마음속의 복잡함을 정리해서 답을 낼 수 없었지만, 옆에서 아내도 환하게 웃고 손님들도 밝게 웃어주니 금방 기분이 좋아졌다. 이 복잡함을, 나의 이중성을 잊지 말고 살자 정도로 정리했다.

어쨌든 이진이는, 돌을 맞이한 다른 아기들처럼, 난생처음 여러 사람 앞에서 불편하고 이쁜 옷을 입고 스포트라이트를 받아서 영 뚱한 표정을 짓고 있었다. 그래도 오열

하거나 잔칫상의 음식을 엎지 않고 잘 견뎠다. 대망의 돌잡이에서는 붓과 오방색 실꾸리를 한꺼번에 거머쥐었다. 솔직히 말해 허세스러운 내면을 지닌 나는 이진이가 돈이나 청진기 같은 것 말고 딴 것 쥐기를 기대하고 있었는데, 학문과 문재의 상징물과 다재 다능의 상징물을 같이 쥐고 들어 올리자 정말 기분이 좋았다. '그래, 역시 내 딸이지!'라는 마음이 그 직전 눈시울을 붉히면서 가졌던 성찰과 다짐을 마음 저 구석으로 밀어내버렸다. 그 뒤로도 '성찰-까맣게 잊음'은 반복됐다.

이렇게 육아, 이진이와 함께하는 인생의 첫 1년이 마무리됐다. 나름의 준비를 했기 때문에 한 대 맞고도 쓰러지지 않고 링에서 버틸 수 있었던 것 같다. 그래서 나름대로 만족스럽게 운영한 1라운드였다. 물론 2라운드 역시 또 한 대 얻어맞으면서 시작됐다.

질문

- 몰트케와 타이슨에게서 무엇을 배울 것인가?
- 엄마보다 아빠를 먼저 말하는 아기들이 많다고?

퀀텀 점프

아이가 크는 것, 특히 영아기의 성장은 정말 경이롭다. 서서히 커가는 것이 아니라 마치 퀀텀Quantum 점프를 연속하는 느낌이다. 보통 출생 후 1년 동안 키는 1.5배, 체중은 3배 정도 증가한다. 두 돌이 되면 통상 어른 키의 절반이 된다. 이때쯤이면 어엿한 5등신의 형상을 갖춘다. 태어난 지 불과 2년 만에 평생 자랄 키의 절반까지 자란다니 신기한 일이다.

신체와 두뇌 기능도 급속도로 발달한다. 첫돌 즈음에는 가구나 다른 물건을 잡고 일어서면서 행동반경이 갑자기 늘어난다. 이 시기에 아기의 눈과 귀의 감각기능과 손발의 운동기능이 협응, 발달하는 과정을 보고 있노라면 신기한 느낌까지 든다. 크레용을 들어 낙서하고 원하는 물건을 잡기 위해 한 발 두 발 조심스럽게 떼면서 이동하는 모습을 볼 땐 인공지능 로봇이 이런 단계를 거치겠구나 싶은 생각이 들 정도다. 단어를 말하는 것도 신기한데, 어느 날 갑자기 문장으로 의사를 표현하고 '행복, 분노, 놀람, 공포, 혐오, 슬픔, 기쁨'의 정서까지 담아내기 시작한다. 맵고 딱딱한 것만 아니면 어른 먹는 음식에도 입을 대기 시작한다.

이 시기가 아빠 입장에서는 바로 기회다. 사실 돌 때까지는 아빠가 아무리 노력해도 보조적 존재 지위를 벗어나기 어렵다. 정자를 통해 유전자의 절반을 제공한 지분이 있지만 임신에서 출산 그리고 수유로 이어지는 엄마와 아이 사이의 생물학적이고 물리적인 밀착 관계에 끼어들 틈이 거의 없기 때문이다.

하지만 돌 이후부터는 급속도로, 본인의 의지가 있다면, 아빠의 역할을 늘릴 수 있다. 아내를 통해서 아이와 관계를 형성하는 수준을 벗어나 아빠와 아이만의 관계를 만드는 것이 가능해진다. 직장 일에 비유해보자면, 수습 시절에는 한 달 열심히 해봤자 0.5P/M(person-month, 한 사람의 1개월 작업량. 과거에는 man-month라는 표현을 많이 썼다.) 밖에 안 쳐줬지만, 수습 딱지를 떼고 어엿하게 한 사람 몫을 할 수 있는 기회가 온 것이다. 이쯤 되면 임신해서부터 돌 때까지는 나한테 이것저것 지시하고 질책하던 아내 역시 실은 나보다 별로 많이 아는 것도 없음을 눈치챌 수 있다.

아빠의 공간도 넓어진다. 확 커진 아이의 체중과 활동량을 감당할 물리력을 구사할 일이 많아진다. 물리력의 구사는 스킨십의 확대를 의미한다. 스킨십의 확대는 정서적 유대감의 강화로 이어진다. 게다가 이때부터는 돌봄에 대한 아이의 피드백도 급속도로 늘어난다. 아이가 나에게 웃어주고 안아주고 뽀뽀도 해준다. 나가면 싫어하고 들어오면 반가워해 준다.

아빠 역할의 폭도 첫 퀀텀 점프를 할 수 있는 기회다. 아이와 둘이서만 시간을 보내며 아내를 한나절 외출하게 할 수 있다. 엄마도 아빠도 불안하겠지만, 하면 된다. 아이가 엄마와 한동안 분리되는 경험을 처음 가질 땐 불안해한다. 당연한 일이다. 엄마가 돌아오면 매달려서 떨어지려 하지 않을 것이다.

하지만 분리가 익숙해지고, 또 얼마 있으면 엄마가 돌아온다는 인식을 갖게 되면 아빠와 둘이서도 잘 지낸다. 단둘이 있을 때 엄마 없다고 울고불고하던 아이가 심심해져서 아빠랑도 놀다가 갑자기 지쳐 잠이 든다. 새근거리는 숨소리를 들으며 단풍잎 같은 손을 잡고 꼭 감은 눈의 긴 속눈썹을 바라보고 있노라면 '내가 이렇게 이쁜 아이의 아빠라니, 나 혼자서 이렇게 아이를 잘 돌보다니!'라는 '자뻑'에 빠지면 된다. 과하지 않은 '자뻑'은 중요한 모티베이션이다. 그러다 보면 엄마가 돌아와도 아이가 본체만체하고 계속 아빠와 노는 때가 올 것이다. 나도 그런 경험이 있다. 아내가 섭섭해하는 기색이 역력했지만 그 섭섭함이 나의 만족감과 뿌듯함을 높여준다. 아빠로서 퀀텀 점프를 실감하는 순간이었다.

그런데 아이가 크고, 아빠 손이 필요하고, 아빠도 아이를 감당할 수 있는 이 시기를 놓치면 좋지 않다. 아빠에 대한 아이와 엄마의 의존도, 존재감을 높일 기회이기 때문이다. 물론 이 시기를 놓치면 꽝이라는 이야기는 아니다. 다만 '가성비'는 점점 떨어질 가능성이 높다. 관성의 힘을 극복해야 하기 때문이다.

'피는 물보다 진하고, 씨도둑은 못하는 법'이라는 말이 있다. 맞는 말이라고 생각한다. 그런데 엄마의 돌봄과 아빠의 '관심'만 먹고 아이가 잘 자란다고 생각해보자. 이때 아빠는 돌봄(look after)과 그냥 봄(see)을 혼동하게 된다. 엄마가 아빠보고 아이 좀 보고 있으라 해놓고 잠깐 딴 일을 보고 있는데 갑자기 아이 울음소리가 들려서 가보니 넘어져서 울고 있는 아기를 아빠가 '보고' 있더라는 우스갯소리도 있지 않나. 관성이 붙으면서 자기의 관심을 양육이라고 착각하게 된다.

그런데 돌봄 없는 관심은 무관심하고 그리 다르지 않다. 나는 관심이라고 여겨도, 다른 가족들은 그렇게 생각하지 않는다. 우리가 어릴 때 보통 가정들이 그랬다. 성실하고 모범적 아버지들의 대부분은 그 성실성과 모범성을 집 밖에서 표출했다. 폭력적이거나 너무 권위적이지만 않으면 집 안에서도 좋은 아버지였다. 우리 아버지들이 그랬던 것처럼 나는 관심이지만 남이 볼 땐 무관심한 시간을 보내다 보면 점점 아이에게 사랑을 표현하고 살 맞댈 기회를 잡기 어려워진다. 그러면 아이와 상호작용도 발생할 수 없다. 점점 서로서로가 어색해지고 아내 없이는 아이와 아무것도 못하게 된다.

사실 아이가 아주 어릴 땐 양육자가 좀 실수해도 된다. 아니 실수하기 마련이다. 태어날 때부터 엄마, 아빠인 사람이 어디 있나? 아빠 혼자서 아기를 목욕시키면 서로 불편하고 어색하지만, 곧 둘 다 적응이 된다. 목욕 타임이 즐거워진다. 그런데 그때를 그냥 넘겨버리고 나면 그 불편함과 어색함을 극복하는 데 훨씬 더 많은 시간과 노력이 소요된다. 아이와 아빠가 합을 맞추지 못하고 아빠의 방식으로 뒤늦게 노력하면 오히려 반발을 사기도 한다. 돈 이야기에 비유해보자면, 초기에 투자를 시작하면 작은 종잣돈도 복리의 힘으로 무럭무럭 불어나지만 투자가 늦을수록 시드머니가 커야 비슷한 결과를 낳을 수 있는 이치다.

영아가 유아로 변모하는 이 시점에는 엄마와 아빠가, 아빠와 엄마가 함께 감당해야 하는 다른 차원의 허들이 등장한다. 먹이고, 씻기고, 재우고, 달래는 것 이상의 난제가 쿵 하고 나타나는 것이다. 이진이의 경우 13개월 정도 때 시작됐다. 스마트폰, TV, 태블릿, 유튜브 등으로 만나는 영상물에 눈을 뜬 것이다.

아이들의 영상물 의존도가 심각한 문제이고 두뇌 발달에도 장애를 일으킬 수 있다는 무시무시한 이야기를 이진이 낳기 전부터 많이 들었지만 그것은 다른 사람들의 문제이려니 했다. 영·유아기 땐 아예 영상물에 대한 접근을 막으면 문제도 생기지 않는 걸 괜히 부모들이 자기 편해지려고 아이들을 자극적 영상에 노출하는데, 우리는 그럴 일 없다고 생각했다. 아이 앞에서는 우리도 스마트폰을 들여다보지 않으리라고 다짐했다. 특히 내가 아내에게 그런 이야기를 많이 했다.

하지만 콩순이 앞에서 무릎을 꿇고 말았다. 콩순이는 1999년 영실업에서 출시한 동글동글하게 생긴 여자아이 모습의 인형이다. 콩순이가 주인공인 애니메이션 〈엉뚱발랄 콩순이〉는 2014년에 시즌 1로 시작해 2022년 말 시즌 8까지 방영됐을 정도로 인기를 자랑하고 있는 캐릭터다. 이진이가 처음 어떻게 콩순이를 보게 됐는지 지금은 기억도 안 난다. 근데 우리 아기가 TV 화면 속 인물들에 정확히 반응하며 어설프게 노래도 따라 부르고 춤을 추는 시늉을 하는 게 너무 귀여웠다. 이것이 성장의 증거구나 싶었고 캐릭터와 스토리도 나름대로 교육적이어서 거부감이 없었다. '하루에 조금씩만, 화면이 작아 자극적이고 눈이 쉬 피로할 수 있는 스마트폰 말고 큰 TV로만'이라는 나름의 기준도 정했다. 처음의 다짐이 벌써 깨진 것이다. 그런데 그 기준조차 무너뜨린 건 이진이가 아니라 바로 나였다.

콩순이는 이진이보다 우리 부부에게 너무나 달콤한 유혹이었다. 애가 계속 놀아달라고 보채서 힘들 때, 부부 중 한 사람이 외출해서 나머지 한 사람만 혼자서 이진이를 돌볼 땐 시간제한의 벽이 무너졌다. 식당이나 카페에 셋이 같이 가서 엄마·아빠 먹고 싶은 걸 즐길 때, 이진이를 데리고 소아과 병원이나 미용실에 갔을 땐 스마트폰을 쥐여 주게 됐으니 디바이스 제한의 벽이 무너졌다. 이진이의 컨디션이 좋지 않을 때 어쩔 수 없이 콩순이를 보여주는 게 아니라 엄마·아빠의 컨디션이 좋지 않을 때 콩순이를 호출하는 격이 됐다. 덜컥 겁이 났고 스마트폰을 쥐고 있는 아이들을 보면서 속으로 그 부모에 대해 혀를 차던 내 모습이 떠올라 얼굴이 화끈거렸다.

이진이가 학교에 입학한 지금까지 이 문제는 여전히 숙제다. 콩순이 이후에 상어 가족 핑크퐁, 뽀로로, 시크릿 쥬쥬, 포켓몬, 산리오(헬로키티, 마이멜로디 등을 보유한 일본의 캐릭터 전문 기업) 등이 차례로 등장했는데 모두가 우리 부부의 든든한 친구이자 적이다. 이 친구이자 적에 대한 해법은 제각각일 수밖에 없다. 우리 가족 경우에는, 주의를 기울이지만 너무 강박은 갖지 않으려고 하고 있다. 10이 기준이라면 평소에는 가급적 기준치 아래를 유지하고 이진이가 아프거나 엄마·아빠가 정신이 없을 땐 기준치를 넘기되 최대한 12 이상은 넘지 않아서 평균적으로 10 이하를 유지하려고 노력하고 있다. (노력하는 것이지 그대로 한다는 건 아니다.)

내가 볼 때 엄마·아빠는 동영상, 스마트폰 등이 영·유아에게 투여되는 시간과 수고를 대체하는 교환재라는 점을 명확하게 인식해야 한다. 뒤집어 이야기하면 엄마·아빠가 좋은 컨디션을 유지해서 아이 돌보는 데 스트레스를 덜 받으면 이런 교환재의 투입을 최소화할 수 있다. 이 방법 밖에 없다. 두서너 살 아이한테 영상물 보지 말고 혼자서 책 보고 공부하거나 나가서 운동하라고 '지도'할 수도 없는 것 아닌가?

엄마가 육아를 사실상 전담하는 상황인데, 이 문제를 놓고 아빠가 '집에서 도대체 뭐 하길래 애가 이러고 있냐?'고 아내를 일방적으로 닦달하고 비난한다면 '헬게이트'가 열리는 거다. 반대로 이 문제에 대해 아내와 대화를 많이 나누고 기준을 같이 만든 다음 지키기 위해 노력하는 모습을 보인다면, 자연스럽게 육아에 대한 개입의 양과 질을 높일 수 있다. 영아기 동안 떨어진 '아빠'와 '남편'의 위상을 높이는 기회가 된다. 뻔한 이야기이지만 '위기는 기회'다.

일 때문에 꼬물거리는 아기를 아내에게 주로 맡겨서 생긴 미안함과 죄책감, 아기와 아내에 대한 관심은 크지만 '내가 시간이 없어서 그렇지, 관심은 많다'는 말 말고 실제로 그 관심을 표현할 기회를 찾지 못하는 데 대한 답답함 그리고 그 반대편에 있는 비밀스러운 편안함 사이의 갈등을 상당 부분 해소할 기회다. 이 기회도 놓치면 아빠의 영향력과 아빠에 대한 의존도가 점점 줄어드는 쪽으로 관성이 커질 것이다. 관성의 힘이 강해질수록 그것을 극복하는 데는 더 많은 힘이 필요하다.

고레에다 히로카즈 감독이 만든 〈그렇게 아버지가 된다〉라는 영화가 있다. 칸영화제 심사위원상도 받았고 국내 공중파 TV에서도 방영했던 수작으로 아빠들이 볼만한 영화다. 내가 볼 때 이 영화의 핵심 내용은 관성을 깨기 위한 아빠의 분투기다. 스포일러를 피하는 수준에서 내용을 간략히 들여다보자. 영화의 주인공 료타는 사회적 경제적으로 성공한 인물로 아내, 아들과 셋이 단란한 가정을 꾸리고 산다. 아빠의 무관심과 엄마의 사랑이라는 관성 속에서 아들 케이타는 무럭무럭 잘 자라 초등학교에 입학할 만큼 컸다. 그런데 어떤 큰 사건을 겪고 주인공이 깨달음을 얻고 아들에게 사랑과 관심을 쏟기 시작하지만 순 자기 방식대로다. 편안한 관성을 깨는 아빠의 갑작스러운 노력에 오히려 힘들어하던 아이는 "아빠 따위는 아빠가 아니야!"
라는 강한 '피드백'을 준다. 그 피드백으로부터 '현타'를 맞
은 아빠는 눈물을 흘리며 '아빠가 미안하다'고 아이에게 사
과한다. 아이와 눈높이를 맞추기 위해 무릎을 꿇고 꼭 안
아주면서.

질문

- '자뻑'은 어떻게 아빠의 강력한 모티베이션으로
  작용하는가?
- 콩순이, 핑크퐁, 뽀로로가 부모의 적이자 친구인
  이유는?

라떼의 함정

이진이 아빠로서 익숙해질 무렵, '나 정도면 정말 괜찮은 아빠'라는 생각이 들었다. 머지않은 미래에 이진이가 '아빠가 나한테 해준 게 뭐가 있다고?'라며 내 가슴에 대못을 박을 날이 올지도 모르겠다는 불안감이 점점 커지고는 있지만.

어엿한 학부모가 된 지금 생각해보면 감사하게도 아직까지는 내가 해주고 싶은 것, 이진이가 해달라는데 해주지 못한 게 별로 없다. 영어 유치원이나 사립 초등학교에 보내지 않았지만, 보내고 싶었는데 못 보냈다기보다는 곰곰이 생각하고 의논한 끝에 보내고 싶지 않아서 안 보냈다. 정말이다. 사교육도 그렇다.

"이진아. 혹시 바이올린이나 첼로, 피겨스케이팅 같은 거 배워볼래?"

"그게 뭔데? 몰라. 싫어."

그래서 안 보냈다. 본인이 흥미를 느끼고 동의하는 건 시작했고, 본인이 그만하고 싶다는 건 중단했다. 옷이나 신발, 가방 같은 것도 마찬가지다. 분홍색, 노란색, 파란색, 원피스, 동물 그림 티셔츠, 걸을 때마다 삑삑 소리가 나고 불이 반짝반짝 들어오는 운동화 등 원하는 건 거의 맞춰주고 있다. 아직 특정 브랜드를 요구한 적은 없어서 가격대나 브랜드는 엄마·아빠가 알아서 정하고 있다. 음식? 역시 마찬가지다. 고기, 과일, 간식 거의 다 원하는 종류를 맞춰주고 있다. 여덟 살이 되자 생선회도 먹기 시작했는데, 아직은 오마카세나 파인다이닝을 요구한 적은 없다.

사실 위기의 조짐은 슬슬 나타나고 있다. 작년 늦여름에 아내가 치열한 경쟁을 뚫고 개장한 지 얼마 안 되는 자연휴양림 신청에 성공해서 '이게 웬 떡이냐?'며 놀러간 적이 있다. 풍광과 공기는 말할 것도 없고 방도 깨끗하고 깔끔해서 우리 부부는 '가성비 최고'라고 입을 모았지만, 이진이는 "침대도 없고 하얀 (호텔) 베개도 없고 호텔보다 안 좋잖아!"라고 입을 비죽거려 엄마·아빠를 기함하게 했다. 불길한 예감이 현실화하기 시작했지만 아직은 통제 범위 안이다.

물질적인 것뿐만이 아니다. 운 좋게도 내 일을 스스로 조정할 수 있기 때문에 이진이와 보내는 시간도 많다. '아이 눈뜨기 전에 출근해서 밤늦게 지친 몸을 이끌고 퇴근해 잠든 아이 뺨에 가만히 입을 맞추는 아빠'는 우리 집에서는 TV 속에서나 볼 수 있는 모습이다. 물론 저녁 자리가 길어 져서 밤늦게 들어오는 경우는 적지 않지만.

"이진이는 아빠가 뭐하는 사람인 줄 아니?"

"어, 아빠는 운동하는 사람이야."

이진이가 네 살 때 물어보니 잠깐 고개를 갸웃거리더 니 대답했다. 일을 안 한 건 아니었는데 그때도 규칙적으 로 아침에 나가서 저녁에 들어오는 루틴은 없었다. 회사에 다니지도 않는데 회사 갔다 온다는 것도 좀 이상하고 '클 라이언트랑 미팅하러 갔다 올게', '여의도 가서 방송 출연 하고 올게' 하는 건 좀 어렵다 싶어서 주로 "아빠 나갔다 올 게."라고 했다. 대신 집에 있다가 동네 피트니스센터 갔다 올 땐 "운동하고 올게."라고 꼬박꼬박 말하고 다녀와서는 애를 번쩍번쩍 들어 올리면서 근육 자랑을 했더니 아빠를 '운동하는 사람'이라고 여겼던 거다. TV도 보고 글도 읽을 줄 아는 지금은 아빠가 무슨 일을 하는 사람인지 대충은 아는 것 같기는 하다.

아내도 별반 다르지 않다. 자기 일에도 충실하고 친구 들이랑 공연도 보고 여행도 다니지만 '울부짖으며 치마꼬 리를 붙잡는 아이를 아침마다 뿌리치고 눈물을 참으며 출 근하는 엄마'와는 거리가 멀다. 이러다 보니 우리 가족은 남들 잘 안 다니는 평일이나 연휴 직후에, 여름 휴가철 피해 날씨 좋은 봄가을에 가까이로 멀리로 잘 놀러 다닌다. 이진이는 평소에도 가족 셋이 함께하는 것에 익숙하고 아빠와 둘이 있는 시간에도, 엄마와 둘이 있는 시간에도 별 거부감이 없다.

어느 날 아내에게 말을 꺼냈다.

"자기한테만 하는 말인데, 가끔 이진이의 엄마·아빠 같은 엄마·아빠 있었으면 좋았겠다 싶어. 아니, 엄마·아버지한테 뭐 불만이 있다는 건 아니고 감사한데, 이진이는 나 어릴 적이랑 비교하면 완전히 호강하는 거 같아. 솔직히 나도 이진이의 엄마·아빠 같은 엄마·아빠 있었으면 더 좋았겠다 싶어서 부러워."

'웃기시네'라는 반응이 돌아올 줄 알았더니 아내 역시 화답했다.

"그러게, 나도 이진이가 부러워."

내가 힘들고, 어렵게 자랐다는 이야기가 아니었다. 나는 엄마·아버지뿐 아니라 주위에서 사랑을 많이 받으며 컸다. 사랑만 받은 것도 아니고 내 손으로 내 학비 벌어본 적 없을 정도로 어려움 없이 공부했다. 결혼하고 신혼살림 준비할 때도 부모님께 상당한 도움을 받았다. 하지만 내가 볼 때 이진이는 나보다 월등히 좋은 환경에서 자라고 있는 것 같으니 그게 부럽다는 이야기였다. '라떼'랑 비교하면 이진이는 더 좋은 집에서 살고, 더 좋은 음식을 먹고, 여기저기 더 자주 놀러 다니고 비행기도 타고 호텔에서 자고, 아빠가 훨씬 더 많이 놀아주고, 장난감이나 책 투정 부릴 일도 없고…. 이런 걸 보고 있자니 부럽고 때로는 샘도 난다는 이야기였다. 비슷한 또래 아이를 키우는 선후배들과 술자리에서 이런 말을 슬며시 꺼내보니 다들 '나도, 나도'라며 맞장구를 치는 것이, 나만 그런 게 아니구나 싶었다.

말이 나온 김에 나의 어린 시절, 부모님의 젊은 시절을 돌이켜봤다. 뒤돌아보니 나도 어린 시절에는 정말 부족한 걸 모르고 살았다. 부모님 사랑은 말할 것도 없고 같이 살다가 내가 초등학교 6학년 때 돌아가신 할머니부터 멀지 않은 곳에 있던 외갓집의 외할아버지와 외할머니, 이모, 외삼촌까지 '우리 태곤이'라면 껌뻑 죽을 정도였다. 그 시절 유행이기는 하지만 이모는 결혼 전에 데이트할 때도 어린 조카인 나를 데리고 다녔다. 이진이가 아직 오마카세와 파인다이닝을 모르는 것처럼 나도 안 먹어본 음식은 몰랐을 뿐이지, 아침저녁으로 갓 지은 밥을 먹었고 간식도 떨어진 적이 없었다. 철이 나고부터는 더 형편이 좋은 친구들, 비싼 옷, 비싼 신발 같은 것이 눈에 들어오기는 했다. 아마 이진이도 그렇게 되겠지. 부모님 슬하에서 자라는 동안 내게 '부러움'은 있었지만 '어려움'은 없었다.

내 생각 말고 부모님 생각도 해봤다. 이진이의 할아버

지는 1940년대생이고 할머니, 외할아버지와 외할머니는 1950년대생이다. 우리 부부는 1970년대에 태어났다. 양가 부모님 모두 우리 부부를 키우면서 '나도 너희 부모 같은 부모님 있었으면 얼마나 좋을까?' 하고 생각하시지 않을 수가 없었을 것이다. 부모님께 굳이 안 물어봐도 잘 아는 것이 우리는 당신들 어린 시절하고 비교할 수 없을 만큼 좋은 환경에서 자랐다. 우리 아버지·어머니들이 직장에서, 가정에서 얼마나 열심히, 얼마나 오래 일했는지는 우리가 아주 잘 안다. 우리 아버지·엄마도 그렇게 일하시면서 끼니 걱정, 잠자리 걱정, 학교 갈 걱정 안 하는 우리를 보고 뒷바라지하는 자신에게 뿌듯하고 때로는 자식에게 샘도 나고 그랬을 테다. 나야 이진이 유치원 등·하원도 같이 하고, 거의 매일 같이 놀고 하는데 우리 아버지는 새벽같이 출근해서 밤늦게 퇴근하느라 일주일에 하루 일요일에나 자기 어린 아들 얼굴을 제대로 보고 사셨다. 그러면서 자기 어린 시절하고 나를 비교해보면 그조차 얼마나 고마웠을까 생각하니 가슴이 아리다.

일제강점기에 태어난 내 할아버지와 할머니가 당신 자식들을 키우면서 느끼셨을 감정은 상상도 되지 않는다. 그 또래들이 흔히 그렇듯 할아버지·할머니는 자녀들 중 둘을 이름도 지어주기 전에 잃으셨다고 한다. 할아버지는 지금 내 나이 즈음에 다섯 자식을 할머니께 남겨놓고 돌아가셨다. 식민지와 전쟁을 겪고 풍요로운 의식주 이전에 삶과 죽음의 고비 고비에서 자식을 지켜야 했고, 또 마음에 품어야 했던 부모의 마음은 어땠을까?

고등학교 때던가. 아침으로 밤으로 얼굴이야 보지만 제대로 대화 나눌 기회도 흔치 않은 아버지께서 내 성적표를 들고 호통을 치셨다.

"야! 너는 학교를 안 보내고 일을 시키는 것도 아니고, 책을 안 사주냐, 학원을 안 보내주냐? 왜 공부를 안 하냐?"

놀기도 바쁘고 인생에 대한 고민도 많아서 성적이 떨어진 건 내 탓이다 싶었지만 속으로는 '또 하나 마나 한 소리네. 듣고 있자니 답답하다.'고 생각했다. 그렇게 꾸중을 듣는 일은 더 잦아졌지만, 아버지의 질책은 크게 와닿지도 않았다. 그냥 그 자리만 피하고 싶었다.

그런데 지금 생각해보니 아버지 입장에서 그것은 진심, 진담이었을 것 같다. 학비 걱정할 일도 없고, 공부방도 따로 있고, 학원이며 필요한 책이며 다 해주는데 왜 이 놈은 농땡이를 치는지 진심으로 이해를 못하지 않았을까? 물론 냉정히 생각해보면, 우리 아버지·어머니도 좋은 부모님 만났기 때문에 보통의 자기 또래보다 더 어려운 환경에서 자라신 건 아니다. 사람은 절대적인 기준뿐 아니라 상대적인 기준 속에서 평가하고 평가받기 마련이니까, 할아버지·할머니 또한 자기 눈에 공부 더 열심히 안 하는 것처럼 보이는 아버지를 이해하시기 힘들었을 가능성이 크다. 또 내가 자라면서 겪었던 여러 가지 고민, 경쟁의 괴로움이 내 아버지의 그것보다 못하다고 말할 수도 없다.

그런데 놀랍기도 하고 우습기도 한 것은, 지금 내 모습에서 그때 아버지 모습이 벌써 문득문득 보인다. 아직은 이진이한테 공부로 뭐라 할 일이 없지만 '이렇게 책을 많이 사 주는데 자꾸 유튜브만 본다 그래? 아빠는 할아버지·할머니가 책 사 주면 얼마나 좋았는데', '니가 다니고 싶다고 해서 학원 보내줬는데 왜 금방 가기 싫다 그래?', '아니, 이런 비싸고 맛있는 음식을 앞에 두고 딴 거 먹고 싶다고 투정을 부린단 말이야? 아빠 어릴 적 같았으면 바나나는 없어서 못 먹었는데.' 같은 문장들이 막 내 입 밖으로 나오려는 걸 겨우 틀어막고 있다.

이러니까 부모님 은혜에 감사해야 한다. 우리 전 세대, 전전 세대들이 흘린 피와 땀 위에서 우리가 자랐고 또 그래서 우리가 아이들을 이렇게 풍요롭게 키우고 있다. 자랑스러운 대한민국…. 맞는 말인데 꼭 그런 당위적 이야기를 하려는 건 아니다. 인간은 누구든 '라떼'에서 벗어날 수 없다. 경험은 우리의 힘이자 굴레다. 586이니 X세대니 MZ세대니 하는 세대론의 힘이 강한 것도 같은 이유에서다. 또 '내로남불' 역시 아무도 자유로울 수 없는 인간의 본성이다. 부모로서 나도, 자식으로서 나도 마찬가지다. 내가 지금이야 '절대로 안 그래야지'라고 다짐하지만 앞으로 분명히 이진이한테 '라떼는' 하면서 통하지도 않을 훈계를 늘어놓다가 스스로 깜짝깜짝 놀라는 일이 많이 생길 것이다. 스스로 놀라기라도 하면 다행이고.

어쨌든 이렇게 이진이를 보다가 내 어린 시절을 생각하고, 내 어린 시절을 돌아보면서 부모님 마음을 짐작해보니 '내 자식에 대한 나의 헌신, 나의 사랑은 누구보다 더 크다. 내가 굳이 말로 하지는 않겠지만, 내 딸 너는 우리 같은 엄마·아빠한테 태어나서 자라는 것에 대해 고마운 줄 알아야 한다'는 '자백'은 꽤 깨졌다. 이것은 모든 인간과 부모 자식의 영원한 쳇바퀴라는 깨달음을 얻고 오히려 마음이 편해져서 아내에게 말했다.

"아마 이진이도 나중에 우리처럼 자기 자식 보고 '나도 너의 부모 같은 부모 있었으면 좋았겠다'라고 생각하겠지?"

"그렇게라도 되면 정말 대박이게."

싸늘한 대답을 듣고 마음이 무거워졌다. 할아버지·할머니, 아버지·어머니가 가졌던 '우리가 열심히 하면 우리 자식들은 우리보다 더 낫게 살 수 있다'는 믿음, 거창하게 말하면 인류와 이 나라의 진보에 대한 믿음이 아주 엷기 때문이다.

질문

- 내가 아이를 이해하지 못한다면, 그것은 우리 아버지와 똑같은 이유일까?
- 우리 아이들은 우리보다 더 낫게 살 수 있을까?

어린이집, 첫 사회생활

이진이는 생후 20개월, 그러니까 2018년 4월부터 어린이집에 다니기 시작했다. 유치원을 거쳐 어엿한 초등학생이 된 지금 돌이켜보면 애나 아빠·엄마나 다 귀엽던 시절이지만, 아마 나중에 돌아보면 지금 이 시간도 귀엽게 느껴지겠지만, 그 당시에는 긴장감이 만만치 않았다. 일단 학교와 유치원은 내가 다녀본 곳이지만 어린이집은 안 가본 곳이었다. 애를 낳기 전에는 '말도 제대로 못하고 기저귀도 못 뗀 애들을 어린이집에 어떻게 보내나? 정말 피치 못할 사정이 아닌 담에야 집에서 키우고 유치원이나 보내야 하는 거 아닌가?'라고 생각했다. 그래도 그나마 다행인 건 속으로만 이렇게 생각하고 아내 앞에서는 꺼내지 않았다는 점.

이진이가 태어날 즈음에는 '저출산 문제 심각', '어린이 집 대란 심각'이라는 이율배반적 이야기들이 동시에 쏟아지고 있었다. 사회 전체적으로는 저출산 문제가 심각한데, 워킹 맘과 아이들이 많은 곳에는 어린이집 공급이 턱없이 달리는 상황이었다. 우리 동네도 바로 그런 곳이다. 어린이집도, 나중에 유치원 가기도 만만찮았다. 지금 다니는 초등학교도 전국 평균보다 학급당 학생 수가 25% 정도 높을 정도로 과밀 학급이다. 이진이의 유치원 친구 중 일부는 동네 공립 학교에 입학했는데도 셔틀버스를 타고 다닐 정도다. 뒤에 또 이야기할 기회가 있겠지만, 근데 이런 환경이 애 키우기에는 나쁘지 않다. 오히려 장점이 많다. 어쨌든, 그때는 부설 어린이집을 보유하고 있는 공공 기관과 대기업들은 '신의 직장'이라 불렸고 어린이집 경쟁에 시달리는 육아 선배들의 곡소리가 곳곳에서 들렸다. 이진이가 태어난 직후 평판이 좋고 집에서 가까운 몇 군데를 골라 신청했더니 '꽉 차 있고 대기도 많으니 언제 연락을 드릴 수 있을지 모르겠다'는 답을 듣고 난 뒤에는 '와, 내가 드디어 애 키우는 부모가 되긴 됐구나!' 하고 실감이 났다.

주위를 둘러보니 부부가 다 직장생활을 하는 사람들은 육아휴직이 끝나는 시점에 보통 어린이집에 보내고 있었고, 부모가 육아에 투여할 수 있는 시간적 여유가 꽤 있는 집들도 서너 살이 되면 어린이집에 보내고 있었다. 우리는 이진이가 돌을 넘기고 걸음마를 하기 시작할 때부터 구체적으로 고민을 시작해서 그 겨울을 넘기고 이듬해 봄부터 보내기로 했다. 우리 부부가 상의해서 결정한 것이지만 솔직히 내 마음은 좀 찜찜했다. '아침마다 어린이집 가기 싫어서 엄마 품에 매달려서 울고불고하는 아이의 모습, 발걸음이 차마 떨어지지 않는 엄마'의 클리셰로부터 받은 인상이 너무 강렬했기 때문이다. 극히 일부 케이스이겠지만, 아이들에 대한 폭력과 급식의 문제점도 뉴스의 단골 소재이기도 했고. 어린이집 보내기도 어렵고, 보내자니 마음도 편하지 않은 상황인지라 내심으로는 '어린이집에 빈자리가 천천히 나오면 좋겠다' 싶었다.

그러던 차에 우리 집에서 백여 미터 떨어진 같은 단지 내 가정형 어린이집으로부터 자리가 났다는 연락을 받았다. 1순위로 생각했던 단지 내 공립 어린이집은 아니지만 2순위로 생각했던 곳이고, 여기를 거절하면 또 언제 이만한 자리가 날지도 모르는 상황이었기 때문에 싫은 내색을 할 수는 없었다.

어린이집 등원이 결정된 이후에는 나름대로 사회에 나갈 준비를 시작했다. 놀이터나 문화센터와 키즈카페에 가서 다른 아이들하고 어울리게도 해보고, 식당에 가서 바깥 음식도 먹어보고, 대형마트같이 사람들이 많고 소음도 있는 곳에 가는 빈도도 늘리면서 외부 자극과 스트레스에 대한 내성도 키워봤는데 별문제가 없었다. 아니, 밖에 자주 나가고 새로운 자극에 접하니 좋아하는 기색이 역력했다. 어린이집에 가서 다른 아이들과 어울려서 노는 게 자연스러운 성장 발달 단계에도 맞겠다 싶었다.

이렇게 어린이집에 등원하면서 이진이도 아빠·엄마도 새로운 단계를 시작했다. 오롯한 가족 안의 삶이 사회로 확장된 것이다. 나중에, 유치원에 가고 학교에 입학하면서 또 다른 단계적 변화가 나타났지만, 어린이집 등원이야말로 거창하게 말하자면 여러 가지 면에서 혁명적 변화와 질적 도약의 시작이었다. 일단 이진이의 삶이 변했다. 아빠·엄마나 할머니 같은 가족뿐 아니라 타인과 부대끼는 작은 사회생활을 시작했다. 그래서 처음에는 걱정이 너무 많았다.

공립 어린이집은 시설이나 교사가 어느 정도 검증됐지만 가정형 민간 어린이집은 다르지 않나? 만일 상상하기 싫은 일이 터지면 CCTV 영상은 바로 확보할 수 있을까? 이진이가 선생님들과 애착 관계를 잘 형성하지 못하면 어떡하나, 선생님과 애착 관계가 너무 강해서 안 떨어지려고 하면 어떡하나? 이것도 말하자면 단체 생활인데 다른 아이들과 잘 지낼 수 있을까? 너무 순둥이라서 치이고 살면 답답할 텐데, 반대로 너무 악바리라서 다른 애들 해코지라도 하면 그건 또 어떡하나? … 식사나 간식에는 잘 적응할까? 조리와 배식 과정의 위생 상태는? 단체 생활을 하면 감기,

수족구병, 수두, 눈병 같은 데 완전히 노출될 텐데….

근거가 없다고 할 수는 없는 걱정들이 꼬리에 꼬리를 물면서 머릿속에서 스스로 긴 체크리스트를 만들고 있었다. 좋은 부모란 무엇인가에 대해서 늘 생각하고 사는 편이지만, 스스로에 대한 그 질문과 고민의 수준이 한 단계 질적으로 도약하는 느낌이 들었다. 그때까지는 글자 그대로 일차원적 육아였다. 먹이고, 씻기고, 입히고, 재우고, 놀아주고, 아프지 않게 살피고, 아프면 돌봐주고…. 그런데 이제 이 아이가, 내 딸이 처음으로 세상과 타인에 맞닥뜨리게 된 것이다. 부모뿐 아니라 '기관'으로부터 돌봄을 받게 됐다. 또래 집단의 일원으로서의 삶이 시작됐다. 그러니 이제 지금까지와 완전히 다른 차원의 즐거움, 다른 차원의 고통도 시작되는 것이다. 가족이 아닌 타인으로부터, 가족도 결국은 타인이지만, 기쁨을 얻고 고통을 맛보게 된 것이다. 이진이가 타인에게 기쁨을 주고 또 고통도 주게 될 것이다. 기쁨과 긍정적 자극을 통해 몸과 마음이 자라날 것이고, 또 고통과 부정적 자극을 견디고 극복하는 과정에서 더 큰 사람이 될 것이다.

'아빠로서 나는 어떻게 해야 하나?'

생각해보니, 내가 할 수 있는 것과 해야 하는 것은 세 가지 정도이지 싶었다. 먼저, 일차원적 육아의 몫은 여전히 크다. 그 구성과 양태는 달라지겠지만 앞으로도 오랫동

안 진행될 것이다. 생각은 꼬리에 꼬리를 물었다. 뭐가 제일 오래 갈까? 씻기거나 재우는 것이 먼저 끝날 것이고 자기 취향대로 옷과 신발을 고르는 것이 그다음일까? 옷 사 달라는 소리, 신발 사게 돈 달라는 소리조차도 끊기면 정말 섭섭할 것 같다. 음식을 해 먹이고, 사 먹이는 거는 좀 오래 할 수 있겠지? 육아는 힘들고 큰 과업이지만 이 자체가 너무나 큰 기쁨이란 걸 이미 깨달았다. 아이를 돌보는 건 너무나 행복한 일이다. 아이를 돌볼 수 있는 나의 정신적, 육체적 힘과 물질적 능력을 유지하고 더 키우려고 노력하면서 내 삶도 좀 더 풍부해지고 건강해졌다. 감사한 일이다.

두 번째는, 여러 위험에서 이진이를 '적절히' 보호하는 것. 지금까지처럼 집 바깥의 많은 위험과 고통으로부터 이진이를 보호해야 하겠지만, 완전한 보호막을 치는 건 물리적으로도 불가능하고 당위적으로도 옳지 않고 궁극적으로 이진이에게 좋지도 않을 거다. '적절히'를 찾아가고 만들어가는 여정이 이제 시작되는 것이다.

세 번째는, 요즘 유행하는, 너무 많은 사람이 아무 데나 갖다 붙이는 느낌이 들어 좀 마음에 안 드는, 회복탄력성을 스스로 키울 수 있도록 도와주는 것이다. 그런데 두 번째도 그렇지만 세 번째 역시 정답이 있는 것도 아니고 정답을 향해 가는 경로가 나와 있는 것도 아니다. 결국은 이진이의 몫이겠지만 당분간은 아빠가 앞장서서 길을 열어야 한다. 결국 이 책 자체가 이에 관한 이야기이기도 하다.

이런 나의 사서 하는 걱정과 별개로 이진이는 어린이집 생활에 잘 적응했다. 처음에는 낯을 가렸지만 '엄마와 같이 어린이집에서 한 시간 지내기 → 혼자 한 시간 지내기 → 재원 시간 늘리기'로 이어지는 매뉴얼에 잘 따랐다. 컨디션이 좋지 않을 땐 '오늘은 안 갈래'라고 투정을 부리긴 했지만, 그 횟수가 잦진 않았고 다행히 우리 부부는 그런 투정을 감당할 수 있는 생활 스케줄을 갖고 있었다. 장난감이나 놀잇감도 집에 비해 월등히 많았고 친구들과도 대체로 잘 지내는 편이었다. 여러 가지 학습형 놀이(?) 프로그램도 집과는 비교할 수 없었다. 어린이집에 보내면서 '혹여 이진이가 새로운 자극 속에서 천재성을 드러내면 영재교육 같은 걸 시작해야 하나?'라는 남에게 드러내지 않은 고민도 시작됐지만 전혀 필요 없는 고민이라는 걸 깨닫는 데는 그리 오랜 시간이 걸리지 않았다.

이진이도 어린이집을 즐겼을 뿐만 아니라 아빠·엄마의 입장에서도 너무 좋았다. 아침에 가서 오후가 되어서야 집에 온다니! 간식도 먹고 점심도 먹고 온다니! 이런 신세계가 있다니! 한시도 떨어지기 싫은 사랑하는 딸이지만, 아침에 등원할 땐 너무나 이쁘고 행복했다. 하원해서 돌아오면 반가웠지만, 속으로는 '아니, 시간이 이렇게 빨리 흘렀단 말인가!' 하고 섭섭할 때도 많았다.

원장님의 적극적이고 사교적인 성향이 아주 약간은 부담될 때도 있었지만, 선생님들은 다 친절하고 아이들을 사랑해주셨다. 간식과 식사도 예상보다 훨씬 좋았다. 집밥보다 더 낫다 싶은 적도 많았다. 그때만 해도 유아 수준이라 그렇기도 했겠지만, 친구들과 다툼 때문에 속상한 적도 없었다. 만 2년 남짓 어린이집 생활을 하는 동안 크게 마음 상한 일은 단 한 번도 없었다. 물론 단체 생활이 시작되면서 코감기, 기침감기 같은 소소한 감염성 질환의 유행에 뒤처지지 않기 시작했지만 이래야 면역력도 높아지는 법이라고 자위할 수 있을 범위 내였다. TV 뉴스, 맘카페 등을 심심찮게 장식하는 어린이집 괴담은 해당 무無였다. 지금 다시 돌이켜봐도 너무나 감사하다.

어린이집 등·하원 길도 너무 좋았다. 꼭 잡은 보드랍고 말랑한 이진이 손은 휴대전화 고속충전기처럼 따뜻함과 사랑을 내 손으로 충전시켜줬다. 이진이는 등원 길에 만나는 강아지, 고양이, 벌레, 꽃, 풀, 나무를 보고 늘 경이로운 표정을 지었다. 백여 미터 남짓한 그 길에서 만나는 모든 것들에 대해 아빠에게 물었다. 나는 아는 건 충실히, 모르는 건 그럴듯하게 대답해줬다. 봄의 따사로움, 여름의 뜨거움, 가을의 서늘함, 겨울의 추위가 다 좋았다. 비가 내려 너무 춥거나 폭우가 내릴 땐 지하 통로로 다녔는데, 그땐 줄

지어 서 있는 붕붕이(차)들에 대해 이야기했다.

또 하나, 어린이집 생활을 하면서 세금 내는 보람, 공공 시스템의 고마움을 피부로 느끼기 시작했다. 아내가 임신하고 이진이를 낳고 키우면서 이런저런 정액 보조금을 받기 시작했지만, 그건 그냥 격려금이나 보너스의 느낌이었다. 주니까 좋긴 한데, 뭐 본질적인 형편이 바뀐다는 느낌은 아니었다. 하지만 어린이집 가면서부터는 달랐다. 국가에서 주는 보육료와 원비의 차액만 부담하면 됐는데, 사립 가정형 어린이집이었는데도 매월 실부담액은 10만 원 미만이었다. (영어를 비롯해 이것저것 특별 수업비용이 붙는 어린이집도 있다는 이야기를 들어는 봤다.) 이 정도만 내고 이렇게 돌봄을 받아도 되나 싶은 정도였다.

사실 그전까진 나라와 나의 관계에서 나는 주는 입장이었다. 어릴 적에는 학교에서 신문지와 빈 병을 모아 내라 하면 내고, 기업도 아닌데 방위성금·수재의연금·독립기념관건립비 같은 각종 준조세도 꼬박꼬박 내고, 현역으로 군에 복무하고, 예비군 훈련도 받고, 취직해서는 세금을 내고, 이게 나중에 받긴 받는 건지 모르겠지만 국민연금도 내고…. 뭐 그렇다고 크게 불만이 있었던 건 아니지만 이런 게 우리네 삶이고 국민 노릇이겠거니 했다.

하지만 이렇게 혜택을 받기 시작하니 세금도 덜 아까워졌고 주민세나 지방세의 의미도 와닿기 시작했다. 안정화, 보수화가 이런 것이구나 하고 깨달았다. 옛날부터 세상의 모든 국가가 '가족'을 지원한 이유도 완벽히 이해하게 됐다. 정치 캠페인과 공공 전략을 컨설팅 하는 본업에도 도움이 됐다. 너무 쪼잔하고 공사 간 구분이 어려운 애매한 관계에 대한 과잉 규제라는 생각이 컸던 〈청탁금지법(김영란법)〉의 의미도 다르게 와닿았다. 우리 아이를 잘 돌봐주시는 어린이집 원장님과 선생님께 감사한 마음을 작게나마 표시하고 싶지만, 성의가 부족해서가 아니라 법 때문에 못하는 거니까. 좀 섭섭하기도 했지만 다 같이 안 한다 생각하니 참 좋았다. 이진이가 어린이집에서 쑥쑥 크는 동안 나의 마음과 생각도 이렇게 컸다.

질문

- '아직 이르지 않아?'라는 말을 왜 하면 안 될까?
- 아이의 '사회생활' 시작을 위해 부모가 준비해야 할 것은?

우리 애와 남의 애

어린이집 등원 때부터 육아와 아빠·엄마 노릇의 차원이 한 단계 달라졌다. 이진이의 삶도 같이 바뀌었다. 그전까지는 그냥 갓난아기와 갓난아기를 돌보는 부모였다면 어린이집 '원아'가 되면서 좀 거창하게 말하면 사회 속의 존재, 그 존재를 돌보고 후원하는 부모가 됐다. 어린이집에서뿐 아니라 놀이터, 키즈카페 같은 곳에서 또래 집단과 교류가 시작됐다. 식당이나 대중교통 같은 공공장소에서도 '아기 시절'에야 기저귀 갈거나 울음 터뜨리는 일이 생기면 주위 사람들에게 불편을 끼쳐 민망하긴 했지만 그건 그냥 어쩔 수 없는 일이었다. 다행히 눈총 주는 사람도 그리 많지 않았다. 하지만 '아이'가 되면서부턴 사회적 요구가 높아졌다. '아이'는 남에게 폐를 덜 끼쳐야 하고, 부모에겐 그 아이를 돌보는 것뿐 아니라 '통제'를 해야 할 책임이 생겼다.

인간으로 태어난 한 생명체가 자라면서 사회화를 거치고 궁극적으로 한 인격체로 성장하기까지는 여러 요인이 작용하기 마련이다. 본인의 타고난 성품, 가족, 보육, 교육, 교우 관계, 사회와 국가의 수준과 분위기 등이 어우러진 결과물이 우리 자신이다. 그런데 아기, 아이 시절에는 부모의 비중이 높을 수밖에 없다. 특히 사회화의 초기 단계, 그러니까 아기가 어린이로 자라나는 단계에서는 더욱 그러한 것 같다. 물론 몇 년 후에는 내가 '아기에서 아이로 가는 단계도 참 중요하지만, 아이에서 청소년으로 가는 단계가 더 복잡하고 예민하기 때문에 부모의 역할이 더 중요하다'고 말하고 있을 것이 거의 확실시 되지만.

어쨌든 쑥쑥 잘 자라는 이진이도, 아빠 역할에 나름 익숙해졌다고 자신하던 나도 이렇게 질적 변화의 단계에 들어섰다. 이진이도 태아, 신생아, 아기 시절을 처음 겪어봤겠지만 나 역시 그 하나하나가 처음 겪어보는 과정들이었다. 그래도 그때까지는 뭔가 계단을 밟고 올라가는 연속적인 느낌이었다면, 이 새로운 단계에 들어서자 엘리베이터를 타고 갑자기 몇 층 위에 올라선 기분이 들었다.

아기 윤이진에게 바라는 것, 아기 윤이진이 해야 할 것은 복잡하지 않았다. 무릇 아기의 3대 책무는 '잘 먹고, 잘 싸고, 잘 자는 것'이다. 이는 타인이 아니라 오직 스스로에 대한 것들이다. 부모는 아기가 3대 책무를 잘할 수 있도록 돌봐주고, 만약 어려움을 겪을 경우에는 그 원인을 찾아서 제거해야 한다. 물론 신체적인 것 외에 인지적 발달 단계를 잘 밟고 있는지도 살펴야 하는 등의 임무도 있겠지만 모두 아기의 3대 책무에 귀속되는 것들이다.

하지만 아기가 아이로 자라면 모두의 과제가 늘어난다. 가장 본질적인 건 '제삼자', 타인과의 관계 형성이다. 처음 걱정했던 것은 '남들이 우리 아이에게 어떻게 할까'였다. 자기를 보호하고 위험을 회피할 수 있는 최소한의 능력을 갖추기 전이기 때문에 더 그랬다. 어린이집에서 나쁜 선생님을 만나면 어떡하나? 폭력적인 남의 애가 우리 애를 괴롭히면 어떡하나? 아이를 싫어하거나, 특히 여자아이한테 나쁜 마음을 품은 어른을 만나면 어떡하나? 그전에는 신경 쓰지 않았던 성범죄 전과자 주소 등록 알림을 그때부터 유심히 보기 시작했다. 아직 겪지 않은 일, 미지의 위험들에 대한 걱정을 사서 하다 보니 생각의 폭이 넓어졌다.

근데 우리 애가 그러면 어떡하지? 어린이집에서 지켜야 할 최소한의 규칙과 훈육을 거부한다면? 잘 놀고 있는 다른 아이들을 괴롭히고 공용 장난감이나 책 같은 것에 과한 욕심을 보인다면? 질병의 감염원이 된다면? 공공장소에서 고함지르고 뛰어다녀서 노키즈존 확대 여론의 근거가 된다면? 이렇게 생각하다 보니 정말 경우의 수가 많았다. '우리 애는 안 그래요', '집에서는 착한데', '우리 애가 먼저 그랬을 리가 없어요. 누가 먼저 잘못했겠지.' 같은 부모들의 변명을 보고 혀를 차는 사람 중의 하나인 내 모습을 돌아보게 됐다.

생각해보니, 어찌 보면 단순한 이치였다. 우리 애와 남의 애가 있는데, 남이 보면 우리 애가 남의 애인 것이다. 유레카! 이게 바로 상대성이론의 실제다. 아인슈타인의 상대성이론에 따르면, 같은 사건도 서로 다른 상대속도로 움직이는 관측자들에겐 서로 다른 시간과 공간에서 일어난 일로 측정된다. 그 대신 물리법칙의 내용은 관측자 모두에 대해 서로 동일하다. 즉 이진이와 친구가 다툰다면, 그 다툼의 물리적 실체는 모두에게 동일하지만 서로 다른 맥락에서 인식될 수밖에 없다는 것이다.

옛날 일이 떠올랐다. 그 시절 그 나이 때야 크게 말썽 부릴 일이 있었겠냐만, 나는 유치원 때부터 초등학교 때도 똑똑하고 어른들 말씀도 잘 듣는 착한 어린이였다. 그래서 우리 엄마는 나름대로 '아들 부심'이 강한 편이었다. 사춘기 땐 나의 내면에 관심이 커졌지만 책과 영화에 몰두하는 편이었던지라 별 탈 없이 보냈다. 고등학교 가서는 좀 달라졌는데, 나는 아무것도 아니라고 생각했지만, 부모님 입장에서는 속 썩을 일이 꽤 많아졌다.

어느 날 엄마가 친구의 엄마에게 온 전화를 받아 한참

통화한 뒤에 나를 불러 차분하게 말씀하셨다.

"나는 네가 지금까지 친구를 잘못 사귀어서 이러는 줄 알았는데, 네가 그 잘못 사귄 친구인 줄은 몰랐다."

친구의 엄마한테 사과하셨을 뿐 나를 크게 혼내지도 않았다. 나는 누구네 엄마가 우리 집에 전화했는지 바로 감이 왔다. '걸렸으면 혼자 책임져야지. 친구를 물고 들어가는 거야? 이런 쪼잔한 놈, 내일 학교 가서 보자!'라고 생각하다가 곧바로 머리를 한 대 맞은 기분이 들었다. '엄마 속 썩여드려 죄송하다. 다시는 안 그러겠다.' 혹은 '같이 놀아 놓고 제 엄마한테 걸렸다고 친구를 파는 놈은 가까이하지 말자' 이상의 뭐라 표현하기 어려운 복잡한 깨달음이었다.

내 자식이 생긴 이후로, 여러모로 부모님 생각을 많이 하게 되기도 했지만 '남이 보면 우리 애가 남의 애'라는 심플한 상대성이론을 깨닫고 나니 '내 아들이 나쁜 친구로구나' 하던 엄마 얼굴이 곧장 떠올랐다.

엄마가 나를 보고 그 깨달음을 얻으셨듯이 나도 이진이를 보고서야 깨달았다. 이진이도 언젠가는 같은 깨달음을 얻기 바란다. 이진이가 우리 엄마나 나처럼 부모가 된다면 자식에 대한 상대성이론을 깨치겠지만, 그건 한참 나중 일이다. 일단 자신과 타인에 대한 상대성이론을 몸으로, 머리로, 마음으로 깨우쳐야 한다. 부모가 그걸 도와줘야 하고. 그걸 알려주는 건 그렇게 어려운 일이 아니었다. 어린이집 적응기를 거친 뒤로부터는, 정확히 기억은 안 나지만 두 돌쯤 지나서부터 이진이와 '대화'가 되기 시작했다.

"이진아, 어린이집에서 친구들이랑 잘 지내야 해."

"응. 알았어."

"만약에 친구가 이진이의 장난감을 빼앗아 가거나 때리면 기분 나쁘고 싫겠지?"

"싫어. 울 거야. 어린이집 안 갈래."

"그래, 근데 그러면 이진이가 친구 때리고 장난감 갖고 가면 친구도 싫겠지?"

"응."

"그래, 이진이는 착한 아이니까, 잘할 거야."

"응."

뭐 제대로 알아듣는진 모르겠지만 대답은 척척 잘했다. 매일 아침저녁으로 반복 세뇌 교육을 시켰다. 어린이집에서도 친구들하고 사이좋게 지내라고 가르쳐주고, 이진이가 좋아하는 콩순이와 뽀로로 애니매이션에서도, 읽어달라고 보채는 동화책에서도 늘 같은 이야기가 나오니 '각인 효과'는 있는 것 같았다. 사실 어린이집 2년 차, 한 만 세 살 정도가 지나서야 이진이나 친구들이 서로에게 못된 행동을 할 수 있는 신체적, 지적 능력을 갖추게 된 것 같았으니 미리 걱정을 한 셈이긴 하다. 그래도 아빠로서 '내가 싫은 건 남에게도 하면 안 된다'는 걸 내 딸에게 일찍부터 인식시켜주고 가능하면 그 이유도 이해하게 만들고 싶었다. 지금도 그렇다. 알려주는 것, 알아듣는 것은 잘하고 있다. 하지만 깨닫고 체화하고 실천하는 건 또 다른 일이다. 모든 인생의 어려운 과제다. 내 아이에게 주입하다시피 하는 내가 그렇게 살고 있는지만 되돌아봐도 알 수 있다.

되돌아보면 좀 부끄럽긴 한데 또 너무 부끄러워하진 않으려고 한다. 왜냐하면 그게 너무 어렵기 때문이다. 근거는 많다. 신약성경 맨 앞자리에 있는 마태복음 7장 12절은 '너희가 남에게서 바라는 대로 남에게 해주어라. 이것이 율법과 예언서의 정신이다.'라고 말씀하고 있다. 이른바 '황금률'이라고 불리는 구절이다. 성경 말씀이지만, 이 황금률은 예수의 고유한 가르침은 아니다. 이 구절에서조차 '이게 그냥 내가 하는 이야기가 아니라 이미 율법과 예언서에 다 나와 있는 거야'라고 강조하고 있지 않나?

그뿐만 아니라 예수보다 훨씬 먼저 태어난 공자와 제자들의 대화를 기록한 《논어》에는 이 가르침이 두 번이나 나온다. 공자는 "인仁이란 무엇입니까?"라는 제자의 물음에도, "제가 평생 행해야 할 한 가지를 꼽아주신다면 그것이 무엇입니까?"라는 다른 제자의 물음에도 똑같은 답을 내놓았다.

"기소불욕 물시어인己所不欲 勿施於人."

'자기가 하기 싫은 건 남에게도 하지 마라'로 풀이하면 되는 구절이다. 유대교, 불교, 이슬람교 등 다른 종교의 가르침에도 유사한 내용이 빠지지 않는다.

칸트의 '정언명령'도 황금률의 확장적 버전이라 볼 수 있다. 근현대의 수많은 윤리적 고민과 공동선에 대한 탐구도, 바로 이 황금률에서 출발한다. 프랑스대혁명의 박애정신, 하버드대학교 마이클 샌델 교수의 강의에도 다 나온다. 현대 한국 정치의 빛나는 금언인 '내로남불(내가 하면 로맨스, 남이 하면 불륜)' 역시 황금률의 다른 버전일 뿐이다. '남이 보면 우리 애가 남의 애'라는 상대성이론의 실제에 대한 단 하나의 해법도 이 황금률일 뿐이다. 중요한데 실천은 어려우니까, 다들 수천 년간 반복해서 이야기할 정도의 불멸성을 지니고 있는 것 아니겠나?

이해하고 실천하려 애쓰지만 그래도 부족할 수밖에 없는 이유가 다 있는 거다. 노력하고 살면 된다. 그러면 내 딸도 내 본을 보고 그러려고 노력하겠지.

질문

- 우리 애가 남의 애를 괴롭힌다면 어떻게 하지?
- 예수와 공자의 말씀에서 무엇을 배울 것인가?

3 괜찮은 아빠라면 챙겨야 할 것들

한나절의 첫 독박 육아

내 품에 안긴 우리 집 아기가 어린이집 원아로, 사회적 존재로 거듭날 즈음 여러 가지가 많이 달라졌다. 신체, 운동, 정서, 사회성, 언어, 인지 등 모든 영역의 발달 속도가 빨라졌다. 시간과 공간의 한계도 점점 극복됐다. 시공간의 한계란 이런 거다. 갓난아기랑 한 번 움직이려는 건 보통 일이 아니다. 동네 소아청소년과 병원에 가거나 유모차를 태워 가볍게 산책 한 번 다녀오려 해도 기저귀, 젖병, 분유 등속을 다 챙겨가야 한다. 한 백일이 넘어가면 엄마·아빠도 바깥바람 쐬고 싶어지고 피치 못하게 외출할 일도 생긴다. 마음먹고 '호캉스'라도 가려면 앞에 언급한 물품들에 더해 여벌, 체온계, 구급약, 간식, 이유식 등의 짐이 한 보따리다. 차 없으면 못 움직인다. 그러니 웬만하면 애랑 같이 어디 나갈 엄두를 내기도 힘들다. 엄마·아빠 모두 힘든 시절인데, 정확히 말하면 엄마가 훨씬 힘들다.

　나는 이진이 갓난아기 시절부터 모유 먹이는 거 빼곤 다 할 줄 아는 아빠였다. 아내가 눈 좀 붙이거나 한숨 돌리는 동안 아기 보는 건 일도 아니었다. 근데 아내가 외출하고 집에서 이진이랑 단둘이 있는 건, 싫거나 귀찮은 게 아니라 무서웠다. 무슨 일이라도 생기면 감당할 자신이 없었다. 찾아보니 이진이가 태어난 지 딱 5개월 되는 날에 단둘이서만 한나절의 시간을 보내고 뿌듯한 마음에 이런 기록을 남겨놓았더라.

　혼자서 오늘 딸이랑 둘만의 시간을 꽤 보냈는데, 가만 생각해보니 이진이 태어난 이후 단둘이 제일 오래 있었다. 그래봤자 약 6시간 반에서 7시간 사이다. 먹이고, 재우고, 기저귀 갈아주는 게 어색하진 않지만 오롯이 둘이 그만큼 시간을 보내고 나니 이진이 웃음을 독점하는 기쁨과 돌봄의 보람도 컸지만 힘듦이 더 크더라.

　1. 와이프가 정말 고생한다.
　2. 딸과 시간을 (실제로 내가 돌보는 시간을) 더 많이 보내야겠다.
　3. 나처럼 훈련된 아빠도 이 정도인데! 평소에 애 안 돌보고 이뻐라만 하는 아빠는 막상 돌보고 싶어도 못 돌보겠다.
　4. 육아 안 하려고 휴일 출근, 야근하는 아빠들이 실제로 많

겠다.

지금 여러 대선 후보들이 맞벌이 말고 '맞돌봄'을 늘리기 위한 공약들을 내놓고 있다. 선심성 공약 어쩌고 하는 논란도 많겠지만 그래도 항상 대선을 거치면 분위기나 제도가 좋아지는 게 분명히 있다. 이번 대선은 아빠 육아가 대폭 늘어나는 계기가 되길….

그다지 어감이 좋은 단어는 아니지만 '독박 육아'의 어려움, 산후 우울증의 이유 등을 머리가 아니라 몸과 마음으로 깨달은 순간이었다. 아이와 함께하는 외출 채비는 어느 시점까진 더 늘어났다. 이유식, 이유식을 거부할 경우를 대비한 비상용 분유, 끓여서 식힌 보리차, 보챌 때를 대비해 손에 쥐어줄 장난감…. 이젠 기억도 잘 안 나지만 챙겨야 할 리스트가 차곡차곡 늘어났다. 그런데 어느 순간부터는 그게 역순으로 줄어들었다. 분유가 사라지고, 보리차가 사라지고, 이유식이 사라지고, 기저귀가 사라지는 식이었다.

외출 채비와 이동 거리는 반비례하는 경향성이 있다. 공간의 확장도 마찬가지다. 외식의 경우가 그렇다. 처음에는 유모차를 가지고 들어갈 수 있는 식당을 검색한 후 가급적 붐빌 시간을 피한 다음 아기를 유모차에 뉘어놓은 채 음식이 코로 들어가는지 입으로 들어가는지도 모를 정도로 급히 먹고 나왔다.

그다음 단계는 오히려 더 불편해지는 면도 있었다. 먼저 아기 의자가 구비된 곳을 찾아야 한다. 그런 곳이라면 일단 그 식당 자체가 아이를 동반한 가족들까지 고객으로 생각하고 있다는 뜻이니 안심이 된다. 다른 테이블에도 아이 데려온 팀들이 꽤 보인다. 문제는 자기 아이다. 몸이 커지고 인지가 발달하면서 더 보채고 더 세게 손발을 마구 휘두른다. 아무거나 입에 집어넣는다. 호기심은 커지는데 아직 위험을 인식하진 못하는 단계다. 뭔가를 원하고, 무엇인가에 불편함을 느끼는데 그걸 정확하게 표현하지 못하니 엄마·아빠도 짐작만 하게 된다. 운이 좋아 짐작이 들어맞으면 다행인데, 그렇지 못하면 난리가 난다. 어쩔 수 없이 스마트폰을 쥐여 주는 시점이 바로 이때다. 다행히 이진이는 그리 별난 아이가 아니라 크게 고생하진 않았다. 그런데 정말 별난 아이가 아니었는지 내 눈에만 '우리 애는 순하고 얌전해요'였는지는 잘 모르겠다. 어쨌든 '별나지 않아서 우리가 감당하기 그리 어렵지 않았다'고 여기고 넘어갔으니 됐다.

이 시간 또한 지나가서 다음 단계로 넘어갔다. 아기 의자 없는 식당도 가기 시작했고, 먹을 줄 아는 음식의 범위도 점점 넓어졌다. 더불어 이진이와 교감도 깊어지고 넓어졌다. 아기 땐 눈 맞추며 웃어만 줘도 너무나 행복했고, 뒤집기나 배밀이만 해도 대견했고, 옹알이를 하다가 어느 순간 '아빠'라고 불러주자 하늘을 날아갈 것 같기도 했지만 말도 못하는 아기를 혼자 돌보는 건, 이쁘기 짝이 없는 내 자식이라도, 고역은 고역이었다. 새근새근 숨을 쉬며 긴 속눈썹을 떨며 잠들어 있을 땐 천사가 따로 없었지만, 깨어 있을 땐 시계 분침, 아니 초침조차 느리게 움직였다. 그러다가 이진이가 말로 의사를 표현하고 질문도 하고 대화가 가능해지니 신세계가 열리는 느낌이었다. 희열의 신세계뿐 아니라 수고와 힘듦의 신세계도 열렸다는 것이 문제이지만.

자기 느낌을 표현하기 시작하고 궁금한 걸 물어보고, 맛있는 음식을 먹으면 맛있다고 말하고, 사랑한다고 말해주고 …. 아직도 그 한순간 한순간이 다 기억난다. 당연히 그 반대 케이스들도 시작됐다. 이진이가 아기 때 열이 오르거나 어디가 아파서 칭얼거리면 '어디가 어떻게 아프다고 말이라도 해주면 좋을 텐데' 싶었지만 막상 말문이 튄 후 힘없는 목소리로 "아파, 아파. 아빠, 너무 아파!"라고 말하는 걸 듣게 되니 가슴이 미어질 지경이었다. 막무가내로 떼쓰는 것도 또박또박 말로 표현하니 화가 더 났다. 못 알아들을 때도 책을 읽어주긴 했지만 알아들으니 읽어주는 일도 재밌었다. 그런데 자기 잠들 때까지 그치지 말고 읽어달라는 주문이 시작되자 그게 보통 일이 아니었다.

이런 식으로 대화하고 야단도 치고 다투기도 하면서 이진이가 점점 한 인격체로 다가오기 시작했다. 인격체가 되니 '뒷받침'할 일도 많아지긴 했고. 음식이나 과자뿐 아니라 장난감이나 옷과 신발 등에 대해서도 취향 표현과 요구가 구체화됐다. 그리고 이때부터 외출의 성격이 크게 달라졌다. 그전까지야 아기를 데려가는 데 대한 물리적 제약만 고려했을 뿐인데 이때부터 이진이의 취향, 요구, 감정적 자극과 지적 자극에 대한 고려 등이 목적지 선정의 주요 요인으로 올라섰다.

딸기를 직접 따볼 수 있는 딸기밭, 양이나 조랑말 같은 순한 동물들을 구경도 하고 먹이도 줄 수 있는 농원, 내가 어릴 땐 수족관이라고 불렀는데 지금은 이름이 바뀐 아쿠아리움, 수심이 얕은 실내 수영장 같은 곳들. 내 눈에도 신기하고 좋은 곳이 많았고 이진이가 신나니 나도 덩달아 신이 났다. 아이와 내가 같이 크는 기분이었다. 어릴 적 생각도 많이 났다. 딸기밭에 간 날, 아내에게 말했다.

"나 유치원 들어가기 전에 이모가 이모부랑 딸기밭에 데이트 가면서 나 데려갔거든. 다 기억나는데, 그 딸기밭보다 여기가 훨씬 더 좋은 거 같아."

아내는 어이없다는 표정으로 되물었다.

"그게 언젠데?"

"그때가 그러니까 일천구백칠십…."

그냥 입을 다물었다. 이때부터 돈과 시간, 체력의 부담도 실질적으로 다가왔다. 우리 부부의 직업적 특성상 시간 운용이 자유로운 편이라 붐비는 주말을 피해 주중에 나다니는 편이었지만 인기 좋은 곳은 어디든 줄이 길었다. 운전해서 다니는 것도 만만찮은 일이었고 시설이 좋은 곳은 입장료도 꽤 비쌌다.

돈과 시간은 그렇다 치고 밖으로 다니다 보니 내가 나이 든 아빠라는 사실을 뼈저리게 느끼기 시작했다. 다른 아이들의 아빠를 볼 때마다 속으로 '저 사람은 몇 살이나 먹었을까?' 하고 가늠해보곤 했다. 내 또래나 나보다 나이 든 것처럼 보이는 사람을 보면 어찌나 반갑든지, 가서 인사라도 하고 싶었다.

이 조바심이 내 삶에서 터닝 포인트를 만들어줬다. 이때부터 철들고 난 이후 처음으로 규칙적인 운동을 시작한 것이다. 어떻게 해야 '좋은 부모'가 되는지 아직도 잘 모르겠고, '괜찮은 아빠'가 되려면 뭘 갖춰야 하는지도 잘 모르겠다. 그런데 품성, 건강, 경제력이 중요한 요소인 건 분명하다. 돈 없으면 나쁜 아빠냐? 몸이 아프면 나쁜 아빠냐? 그건 아니지만 아빠가 아니라 모든 어른들이 그렇고, 특히 아빠는 스스로를 관리할 줄 알아야 한다. 품성과 건강은 특히 그렇다.

나도 그런 생각이 들었다. 세월은 붙잡을 수는 없지

만 건강과 체력은 내 책임이 크다. 경제력도 내 책임이지만, 그건 좀 다른 이야기이고. 나는 특별한 지병은 없었지만, 남들만큼 좋지 않은 체력과 온갖 나쁜 지표를 갖고 있는 성인병 꿈나무였다. 건강검진만 하면 늘 '성인병 위험군, 경도 비만, 음주량 축소와 체중 관리 필요' 같은 숙제를 받아오곤 했다. 골골거리느라 못 놀아주는 아빠는 되기 싫은데! 최소한 우리 딸 공부 다 하고 어른 될 때까지는 돈도 벌어야 하는데! 사랑하는 우리 딸이랑 오래오래 살아야 하는데! 부모가 식습관과 생활 습관이 나쁘면 아이도 그렇게 될 가능성이 높다는데! 이진이가 어릴 때부터 아빠 걱정하게 만들지 말아야 하는데!

그래서 집 앞 레포츠센터 연간 회원권을 끊어 본격적으로 운동을 시작했다. 매일매일 운동하러 가는 것도 귀찮았고 운동하는 것도 힘들었지만 하다 보니 역시 몸은 거짓말을 하지 않았다. 익숙해지니 더 잘하고 싶었고 난생처음 P.T(퍼스널 트레이닝)도 해봤다. 체중도 줄고 온갖 검사 지수들이 정상을 기록하더니 점차 팔다리, 가슴근육도 육안으로 식별이 가능한 수준으로 늘었다.

"이진아, 아빠 턱걸이 몇 개나 하나 세어봐라."

집 앞 철봉에 매달려 턱걸이를 할 때 완전 '자부심 뿜뿜'이었다. 대입 체력장 때도 2개 했던 내 턱걸이 횟수가 두 자릿수를 기록할 줄은 정말 나도 몰랐다. 애를 등에 태운 채 팔굽혀펴기 수십 회를 거뜬하게 하는 건 TV에 나오는 사람들 일인 줄 알았다. 아내가 남사스럽다고 말렸지만, 수영장 가면 래시가드도 안 입었다. 지금은 그때만 못하긴 하지만 몸이 좀 불어난다 싶으면 운동량을 늘리고 있다. 그때부턴 만성 피로감이나 수면 부족 증상도 확연히 줄어들었다.

슬픈 이야기지만 운동으로 안 되는 것도 있다. 비싼 다초점 렌즈를 껴도 감당이 안 되는 노안, 늘어나는 흰머리와 가늘어지는 머리카락, 운동 때문인지 노화 때문인지 불분명한 어깨 통증…. '노화' 말고는 다른 말을 붙일 것이 없는 신체적 변화들이다. 그래서 고민이 많다. 그래도 딸 덕에 운동을 시작하고, 운동을 한 덕에 이만하다고 생각하고 살고 있다.

> **질문**
>
> - 아빠의 '독박 육아' 경험이 빠를수록 좋은 이유는?
> - '괜찮은 아빠'가 되기 위해 제일 먼저 챙겨야 할 것은?

공주 이야기

이진이는 금방금방 자랐다. 키와 몸무게가 늘어난 건 물론이고 인지, 언어 수준도 급속도로 높아졌다. 호기심도 같이 커졌다. 백여 미터 겨우 넘나 싶은 어린이집 등·하원 길이 꽤 멀게 느껴진 건, 아이의 짧은 보폭 때문이 아니었다. 길을 걷다 만나는 멍멍이, 야옹이에게 다 알은척을 하고 짹짹거리는 새, 비 온 뒤 나온 지렁이도 반가워했다. 나무와 풀, 꽃에도 인사를 해야 했다. 비가 내리면 보도블록 사이에 만들어진 작은 웅덩이들을 빼놓지 않고 발로 밟아야 했다. 햇볕 쨍쨍한 날도, 흐린 날도, 눈 오는 날도 그대로 다 좋았다. 그 길 걷기에도 불편할 만큼 날씨가 영 좋지 않으면 지하 주차장 통로를 통해 걸어갔는데, 그때는 여러 색깔의 붕붕이(자동차)를 구별하고 비상구 안내, 여성 전용, 장애인 전용 같은 픽토그램 숫자를 세느라 바빴다.

까만 눈을 반짝거리며 세상 모든 것에 대한 순전한 궁금증과 감탄을 쉬지 않고 토해내는 이진이의 보드라운 손을 잡고 어린이집에 오가던 그때는 지금까지 내 인생에서 제일 빛나는 시간에 속한다. 지금도 밤에 술을 마시고 귀가하다가 간혹 그 어린이집 앞을 지날 땐 갑자기 눈물이 날 정도다. 내가 우리 집, 우리 동네를 좋아하는 많은 이유 중 하나가 곳곳에 흩뿌려진 이런 이진이 자국 때문이다. 그런데 불과 몇 년 전인 그때를 차분히 돌아보니 서로 '오늘은 네가 가라'면서 아내와 다투던 기억도 선명하다. 하지만 뭐 어때? 행복하게 남아 있으면 되는 거지.

이렇게 이진이와 대화가 늘어나고 갖가지 질문을 받으면서 내게도 새로운 고충이 생겼다. 여러 가지 생각도 많이 하게 됐다. 이진이가 책과 친구가 될 수 있도록 도와주면서부터다. 미취학아동들이 접할 수 있는 책들의 범주는 대략 이런 식이다. 먼저 《형님 먼저, 아우 먼저》·《은혜 갚은 제비》 같은 전래 동화, 《양치기 소년》·《성냥팔이 소녀》 같은 이솝우화나 안데르센 동화 등에 기반한 이른바 세계 명작 동화가 있다. 독일의 아동문학가 베르너 홀츠바르트의 《누가 내 머리에 똥 쌌어?》나 백희나 작가의 《구름빵》 같은 내러티브 중심의 국내외 현대 창작 그림책이 있고, 'EQ의 천재들'이라는 괴이한 제목으로 번역 출간된 영국 작가 로저 하그리브스의 《Mr. Men & Little Miss》같은 비서사적인 그림 동화가 있다. 또한 공룡이나 동식물, 인체 등에 대한 정보를 담은 책이나 인성과 생활 습관 혹은 안전에 대한 교육 등에 초점을 둔 책들이 있다.

아이들은 맘에 드는 책은 거의 무한 반복해서 읽기를 원하기 때문에 읽어주는 부모가 금방 지루해지기 마련이지만, 재밌는 책은 내게도 재밌었다. 특히 현대 창작 동화는 내가 어릴 적에 안 읽어본 것들이라 더 그랬다. 《구름빵》,《장수탕 선녀님》,《알사탕》등 백희나 작가의 그림책들은 나를 어린 시절로 데려가는 듯했다. 정말 이 시대의 클래식이라 불릴만한 책들이다. 어른 눈으로 보기에도 스토리, 그림, 교훈이 전부 탁월했고 아이도 좋아했다. 백 작가 책들의 특히 뛰어난 점은 부모와 아이의 시공간을 자연스럽게 연결시켜준다는 점.

학습과 지식 전달에 초점을 둔 책들의 경우도 고민거리를 만들어주진 않았다. 아이가 공룡을 좋아하는지, 다른 동물을 좋아하는지 혹은 인체에 대해 관심이 많은지 그 방향을 알게 되는 계기로도 작용했다. 우리 딸하곤 거리가 먼 이야기라 나는 '어딘가에 이런 일도 있다더라'는 식으로 듣기만 했는데 이런 책을 통해 일찍 탁월한 영재성이 발견되거나 평생의 진로가 결정되는 경우도 있다고 한다. 비서사적인 책들은 아이들은 재밌어하는데 어른들은 지루한 경우가 많다.

문제는 전래 동화, 명작 동화들이다. 지금의 관점으로 보면 가부장제, 한부모 가정이나 재혼 가정에 대한 편견, 인종주의, 신체나 정신적 문제점에 대한 편견, 약육강식 등 좋지 않은 가치를 배경으로 하는 것들이 수두룩하다. 현대 아동문학계의 셰익스피어라고 불리는 영국 작가 로알드 달의 《찰리와 초콜릿 공장》, 《마틸다》같이 출간 수십 년밖에 안 된 현대적 고전들도 신체, 정신건강, 젠더, 인종 등 'P.C(정치적 올바름)' 기준에 따라 많은 수정을 거쳐 최근에 재출간된 것이 논쟁거리다. 이럴 지경이니 언제인지도 정확히 알 수 없는 옛날부터 전해져 내려오는 '전래 동화', 제국주의와 인종주의 전성기에 주로 백인 남성이 쓴 '명작 동화'야 말해 무엇하겠나?

아이가 자기의 가치관을 정립하기 전에는 (아니, 가치관 정립이라는 게 무슨 말인지도 잘 모르겠다. 내 가치관은 정립되어 있나? 가치관과 편견은 어떻게 다른 것인가?) 어떤 책을 읽힐지, 어떤 책을 읽히지 않을지 결정하는 건 일단 부모 몫이다. 세상은 변했고 아이들이 살아갈 세상은 현재의 변화 방향으로 더 빨리 움직일 것이니, 과거의 가치에 대해 아주 엄정하고 촘촘한 잣대를 들이댈 수도 있다. 그런다고 해서 읽어줄 책이 없는 것도 아니다. 요즘 나온 창작 동화들은 이런 문제에서 거의 벗어나 있다. 공룡 등을 다룬 책들도 마찬가지다. 물론 동식물과 자연현상에 대한 어린이 책에도 위계적이고 젠더 편견을 강화하는 내용이 포함되어 있다는 지적도 있긴 하지만. P.C의 잣대를 아이들 책에 빡빡하게 들이대는 것 자체가 폭력적이고 정치적이라고 생각할 수도 있다. 그런 경우에는 P.C한 가치 자체를 주제와 소재로 담고 있는 책들이 눈에 거슬릴 것이다. 그런 책들도 꽤 많다.

방송작가 출신으로 아동·청소년 책 작가로 변신한 아내나 나나 다 말과 글을 다루는 게 생업인 사람이다. 그래서 이 문제에 대해서는 많은 생각을 하는 편이었다. 지금도 그렇다. 앞으로도 그럴 것 같다. 현대 창작 동화나 비서사적인 쪽에는, 특히 아내의 이해가 깊어 별걱정이 없었다. 정치 혹은 사회과학(?)적 요소에 대한 일차 판단은 대체로 내 몫인데, 여기에 대해서 나는 중도주의자다. 영 문제다 싶은 건 잘 안 읽혔지만, 웬만한 건 그냥 읽혔다. 전래 동화나 우화에는 인류의 원체험, 인간 심리의 심연, 공동체 형성 과정, 역사적 배경, 사회적 변화 등이 코드의 형태로 많이 담겨 있다. 그 코드를 지금 접해놓으면 나중에 제 머리로 세상을 인식하고 해석하게 될 때 도움이 되지 않을까? 시대에 뒤떨어진 가치를 주입하는 건 큰 문제이지만 그 사실의 존재로부터 아이를 격리하는 건 가능하지도 않고 크게 봐서 아이에게 도움이 되지도 않는다고 생각했다.

표백되고 소독된 세상이란 어차피 존재하지 않을 뿐더러 무균실을 억지로 만들어봤자 면역력만 떨어질 뿐이니까.

이진이는 내 생각보다 훨씬 더 다양한 각도로 책을 잘 소화했다. 《이솝 우화》의 〈양치기 소년〉 이야기를 듣다가는 거짓말하면 안 된다는 교훈보다 왜 소년이 양치기같이 힘든 일을 하는지에 대한 의문을 강하게 표시했다.

"아빠, 왜 소년이 늑대한테서 양을 지켜야 해? 어른이 해야지."

〈콩쥐 팥쥐〉, 〈성냥팔이 소녀〉, 〈신데렐라〉에서도 일관되게 아동 노동에 대해 반감을 나타냈는데, 나중에 찬찬히 물어보니 '나도 일해야 하면 어떡하나 무서워서'라고 대답했다. '우리 때' 어린이들의 원체험적 공포의 대표격인 '유기 공포'에는 직접적 반응을 보이지 않은 것도 흥미로웠다. 〈헨젤과 그레텔〉, 〈백설공주〉, 〈바리데기〉 등은 유아 유기의 코드를 공통적으로 가진 이야기들이다. '라떼' 시절에는 '모르는 아저씨가 과자 사준다면서 잡아간다'는 유괴가 대표적 위험이기도 했고, '너는 다리 밑에서 주워 왔는데 말 안 들으면 도로 갖다 놓는다'는 식으로 아이들을 혼내는 이야기도 흔해서 유기 공포를 증폭시켰다. 요즘은 애들이 하도 귀해서 그런지 이런 건 덜한 것 같다.

여자아이에게 또 크게 논쟁적인 것이 '공주 이야기'이지 않나? 이에 대해서는 논의도 많고 또 내 딸이 이걸 수용

할 것인지가 궁금하고 흥미로웠다. 일단은 관찰해봤다. 이진이가 공주 이야기에 흥미를 보이는 건 분명했다. 여자 아이들이 왕자의 구원 대상으로서 공주라는 비주체적 존재에 대해 투사할 수 있다는 주장은 아빠 입장에서는 크게 우려되는 점이었다. 큰 병에 걸린 공주를 구하기 위해 세 왕자가 마법 양탄자, 망원경, 무슨 병이든 고칠 수 있는 사과로 경합하는 《아라비안나이트》속 이야기나 〈백설공주〉이야기 그리고 〈잠자는 숲속의 공주〉이야기가 다 이런 맥락이다. 그리고 보면 〈바리데기 공주〉나 〈평강공주〉같은 우리나라 공주들이 훨씬 더 주체적인 존재들이다. 이런 이야기들을 읽을 땐 '남에게 도움을 받고 도와주는 건 좋은 일이긴 한데, 공주라고 해서 꼭 왕자가 살려줘야만 살 수 있는 건 아냐!'라고 말해주곤 했다. 한 여섯 살쯤에 '공주는 왕의 딸이거든. 근데 아빠는 왕이 아니니까, 너도 공주가 아니야!'라고 반복해서 가르쳐주기 시작했다. '그래도 공주 옷 입는 건 상관없잖아?'라는 반박이 곧바로 돌아왔지만 '네가 하고 싶은 거나 되고 싶은 건 스스로 하면 된다. 아빠가 도와줄 수는 있다!'로 정리했다.

위의 범주 바깥에 또 어려운 책들이 있었다. 주로 유럽에서 나온 책들의 번역서인데, 성교육이나 젠더 이슈에 대한 것들 중 상당수가 어른에게 버거웠다. 《아이는 어떻게 만들어질까요?》같은 책들을 보면 선정적이라는 표현은 안 어울리지만 내 눈에는 너무 구체적이고 현실적으로 느껴졌다. 정자와 난자의 결합 등 생식의 메커니즘을 매우 사실적으로 묘사해놓은 걸 보곤 깜짝 놀랐다.

'애가 아직 이런 걸 궁금해하지도 않는데 미리 가르쳐 줄 필요가 있나?'

그래도 곰곰이 생각해보니 이진이가 이런 것들에 대해 빨리 아는 게 나쁘거나 문제 될 게 없었다. 이차성징이 나타나려면 한참 남았으니, 이런 책으로부터 신체적 자극을 받을 가능성도 매우 낮고 자기가 어떻게 태어났는지, 남자와 여자가 생물학적으로 어떻게 다른지를 빨리 깨치는 것의 부작용을 찾을 수 없었다. 뭐가 뭔지 제대로 모르다가 마음으로 몸으로 먼저 알면 혼란하겠지만 머리로 먼저 알면 나중에 몸과 마음으로 깨달아도 혼란이 덜 하겠다 싶었다. 책에 그림까지 자세하게 나오니 애가 이해하기도 쉽고 오히려 부모 입장에서는 나중에 힘들게 설명하느라 민망할 일도 없을 테니 더 좋은 게 아닌가. 또 여기서부터 시작해 인체의 기능과 여러 기관들에 관해서도 관심이 확장됐다. '혹시 이런 책을 보다가 의사가 되려나?' 하는 생각도 들었지만 초등학생이 된 지금까지 의사는 이진이의 장래희망 리스트 밖이다. 어쨌든 지금까지도 이진이 책과 P.C함의 연결고리에 대해서는 고민이 많지만 이 부분은 빠른 판단이 가능했다.

책에 대해서 이렇게 고민과 판단을 하고 나니 만화, 애니메이션, 영화 등의 장르에 대한 판단은 조금 더 쉬워지는 면이 있었다. 물론 더 복잡한 책을 만날수록, 또 같은 책을 반복해 읽으면서 이진이가 더 깊은 상징을 끌어내면서 나와의 대화도 더 복잡해지고 아빠가 고민해야 하는 것도 더 많아졌다. 그 또한 머리 아프면서도 재밌는 일이었다.

질문

- P.C 트렌드를 어떻게 수용할 것인가?
- 여자아이들은 처음부터 '공주 이야기'를 좋아할까?

죽음에 대한 걱정

대화 속에서 '사유'라고 이름 붙일 수 있는 것들이 나타나기 시작했다. 이진이가 추상적 개념, 관념, 눈에 보이지 않는 것들에 대한 공포와 슬픔을 느끼고 표현하기 시작했다. '죽음'이 그렇게 나타났다.

　이진이가 처음으로 '죽음'을 인식한 건 내 외할머니께서 돌아가셨을 때가 아닌가 싶다. 그때 이진이는 네 살, 38개월이었다. 정 많고 사랑 많은 할머니의 죽음 앞에 온 가족이 슬퍼했지만, 큰 고생은 없이 몇 달 누워 있다가 아흔을 일기로 편안히 잠드셨기 때문에 크게 충격을 받진 않았다. 내 외할머니를 '왕할머니'라 부르고 그 왕할머니가 자기를 이뻐하는 줄도 알던 이진이도 부산에 마련된 빈소에 따라갔다.

"왕할머니가 이제 하늘나라에 돌아가셨어."

이진이는 특별한 감정적 흔들림을 보이진 않았다. '돌아가셨다'는 말의 진짜 의미, 죽음의 의미가 와닿지 않는 듯했다. 네 살배기한테 뭘 더 자세히 설명해주기도 어렵고, 너무 슬퍼하고 울음을 그치지 않으면 그것 역시 문제라 다행으로 여겼다.

그런데 1년 몇 개월이 지난 어느 날 이진이가 갑자기 묻기 시작했다.

"아빠, 근데 왕할머니는 지금 하늘나라 계시는 거야?"

여섯 살 때인데 정확한 시점을 찾아보니, 만 5년 6개월 때였다, 뜬금없는 질문이 귀엽기도 해서 대답해주고 말았다.

"응, 하늘나라에 잘 계셔. 이진이가 튼튼하고 착한 어린이가 되도록 보살펴주시지."

그때부터 밤에 잠자리 들 때마다 같은 질문을 하더니 며칠 후 밤에는 울먹이면서 말했다.

"아빠도 왕할아버지 되면 죽는 거야?"

"아니야, 아빠는 이진이하고 오래오래 살 거야. 아빠는 튼튼하잖아."

깜짝 놀랐지만 토닥여 재웠다. 그걸로 끝이 아니었다. 같은 문답이 반복되던 며칠이 지나자 팩트 폭격을 날렸다.

"아빠도 늙잖아. 늙으면 왕할아버지 되는 거고, 그러면 죽는 거야."

또 며칠 후에는 닭똥 같은 눈물을 뚝뚝 흘렸다.

"나도 나중에, 나중에는 늙어서 죽는 거잖아!"

귀엽기도 하고 당황스럽기도 하고 슬프기도 했다. 무슨 A.I가 자가 진화하듯 며칠 동안 질문의 수준이 높아지는 모습은 귀엽고 황당했는데, 내 딸이 죽음을 이야기하자 내게도 죽음의 의미가 갑자기 현실적으로 다가왔다. 타인의 그것이 아니라 나의 것으로.

작년에 이별한 외할머니는 나보다 44년 빨리 태어나셨는데, 나는 이진이하고 42년 차이구나 하는 생각이 제일 먼저 들었다.

'아, 나는 이 아이가 몇 살 때까지 살 수 있을까?'

가늠해보니, 내 눈에서 눈물이 나려고 했다. 내가 환갑이 넘어야 애가 대학이라도 가고, 요즘 같은 세태에서는 한 서른 때까지는 부모가 뒷받침을 해줘야 하니 최소 일흔까지는 그냥 살아 있는 게 아니라 경제력과 건강을 유지하면서 짱짱하게 버텨줘야 하고…. 알면서도 눈 돌리고 있던 숫자들이 또렷하게 다가왔다. 여섯 살배기 딸을 끌어안고 엉엉 울고 싶은 심정이었다.

게다가 솔직히 말해 그때까지 '내가 먼저 죽으면 우리 마누라는 어떻게 하나?'라는 걱정을 진지하게 해본 적은 없었다. 오히려 '아내가 먼저 죽으면 내가 힘들고 슬플 테니까, 나보다 아내가 조금 더 오래 살았으면 좋겠다'라는 이기적인 생각은 갖고 있었다. 이진이는 물론 아내한테 내색 못하고 좀 힘들어하다가 곧 마음을 다잡았다.

이야기가 잠시 딴 데로 새는 느낌이지만, 선거에 출마하거나 다른 큰일을 마주해서 태산 같은 걱정을 갖고 찾아오는 클라이언트들에게 나는 늘 이렇게 이야기한다.

"항상 우리가 스스로 통제할 수 있는 변수와 통제할 수 없는 변수들이 있다. 통제할 수 없는 것에 대해 걱정해봤자 소용없다. 그건 제쳐놓고 통제할 수 있는 것들을 변화시키면 된다. 통제할 수 있는 변수에 대한 장악력을 높여서 변화시키면 통제할 수 없는 변수에 대한 영향력도 자연스럽게 늘어나고, 결국은 통제할 수 있는 변수로 바꿀 수 있다!"

내가 이렇게 멋진 말을 한다고 해서 실제로 내가 이렇게 살고 있느냐? 물론 그건 아니다. 하지만 이때는 내가 나에게 '몇 십 년 뒤를 지금 걱정해봤자 소용없다. 그냥 하루하루 행복하게 열심히 살면 된다. 그게 쌓여서 1년이 되고 10년이 되고 수십 년이 되는 거다. 그거 말곤 답도 없다.'라고 말했고, 나는 그 말을 순순히 받아들였다. 지금도 하루하루 행복하고 열심히 살려는 '자세'를 갖고 있고 앞으로도 그러려고 한다. 이진이의 죽음 이야기는 내겐 나쁘지 않은 자극이 됐다. 문제는 이진이였다.

걱정되면서도 '벌써 이런 개념을 자각하고 영원, 단절

등에 대한 공포도 느끼다니, 혹시 우리 딸이 천재인가?' 하는 생각이 들었다. 이진이를 보고 기억이 난 건데, 어려서 만은 똑똑하기로 소문났던 나도 밤에 죽음이 두려워서 잠이 안 오고 눈물이 나던 적이 있었다. 그런데 정확히는 모르겠지만 이진이보다는 나이가 더 들어서였던 것 같았다. 그래서 이것저것 찾아보고 먼저 애를 키운 사람들, 소아정신과 전문의들한테도 물어봤다. 실망스러우면서도 다행스러운 것이 이진이는 보편적 발달 단계를 잘 밟고 있었다.

취재에 대한 답을 요약해자면 이렇다.

'아이들은 대략 (만) 3세 때부터 죽음의 개념에 대해 접하기 시작한다. 그런데 일시적인 이별, 못 움직이면서 잠자는 상태, 하늘로 올라갔거나 멀리 여행을 떠나버린 상태로 인식한다. 모두가 죽을 수밖에 없는 보편성, 죽음은 되돌릴 수 없다는 비가역성을 받아들이는 데 어려움을 느끼기 때문에 크게 슬퍼하지도 않는다.'

외할머니 돌아가실 때 이진이가 딱 이 시기였다. 또 이런 내용도 있다.

'5세 이후부터 죽음의 보편성과 비가역성을 인식하게 되고 자연스럽게 공포감이 뒤따라온다. 다만 죽음은 노화의 결과물이라고 생각하는 경향이 강하다.'

'아빠는 늙어서 죽지 마!'라면서 울고 자신이 늙어 죽을 걸 걱정하던 이진이는 지극히 정상적 발달 단계를 밟은 평범한 어린이였다. 아이들이 그러고 또 잠잠하다가 9세, 10세부터는 죽음에 대한 관념과 인식이 어른의 그것과 거의 유사해지고 공포를 넘어 슬픔과 분노를 표출한단다. 사춘기 초입 정도가 되나 보다.

그래도 이진이가 갑자기 죽음을 떠올리게 된 데는 몇 가지 자극 요인이 있었던 것 같다. 일단 잠자리에서 보통 그런 이야기를 했던 걸 보면 어둠이라는 시각적 효과와 잠이라는 하루의 단절이 죽음의 이미지와 연결됐을 것이다.

또한 당시 이진이의 큰 관심사가 코로나19와 미세먼지 지수였는데, 그중 코로나19에 대한 공포가 죽음과 연결됐던 것 같다. 그때는 코로나19에 걸리면 역적 취급받고 확진자의 집은 물론 동선까지 당국이 봉쇄하다시피 하던 때였다. 매일 뉴스에서 확진자 숫자, 사망자 숫자가 대문짝만 하게 나오던 시절. 미디어는 물론 어디 가는 데마다 거의 협박 수준으로 코로나19에 대한 경각심을 높이던 때다. 이진이는 유치원에서도 어찌나 철저히 교육을 받았는지 밖에 나갔다 오면, 화장실 다녀오면, 밥 먹기 전후로 빼먹지 않고 손을 뽀득뽀득 씻었고 엄마·아빠한테도 위생 수칙 준수를 닦달해대곤 했다. 우리 차 안에서도 마스크 벗기를 거부했다. 경각심이 공포로 연결되는 건 자연스러운 일이다. 코로나19에 대한 공포는 '과학자들이 코로나바이러스 막는 약을 만들고 있는데, 곧 그거 먹으면 다 안 죽어'

로 안심시켰다. 과장은 있지만 영 틀린 말도 아니었고.

또 하나 그즈음 이진이가 한참 재미를 붙였던 애니메이션 〈신비아파트〉도 영향을 미친 것 같다. 〈신비아파트〉는 투니버스 채널의 오리지널 애니메이션 인기 시리즈로 귀신, 도깨비가 등장하는 '어린이 호러물'이다. 외국에서도 인기가 좋다 하니 'K-키즈 컬처'라고나 할까. '무서워, 무서워' 하면서 계속 보더니 이 애니메이션 덕에 죽음에 대한 이진이의 인식과 감정이 풍부해졌던 것 같다. 나도 이진이 옆에서 가끔 봤지만, 크게 문제 될 수준의 표현이나 내용으로 보이진 않아서 그대로 뒀다. 〈신비아파트〉를 필두로 그때 이진이가 매료되기 시작했던 귀신, 저승 등을 다룬 이야기가 자극제가 된 건 분명하다.

"〈신비아파트〉 봐서 죽는 거 생각이 자꾸 나는 거 아닐까?"

"그런 것 같아. 이제 안 볼래."

이진이는 아빠의 말에 시청 중단을 선언했다. 그러면서 자연스럽게 죽음에 대한 이진이의 걱정과 나의 걱정은 잠복기로 접어들었다.

아동 발달 단계상으로 보면 한 2년 후에, 이진이의 죽음에 대한 인식이 다시 수면 위로 올라올 것이다. 그때는 지난번과 달리 공포가 슬픔과 분노로 연결될 가능성이 높다. 그리고 주위 누군가의 죽음이, 이미 주기적 사이클을

지녀버린 코로나19 같은 팬데믹이, 혹은 인재人災냐 천재天災냐를 두고 열불 나는 논쟁을 벌일 대형 사건 사고, 나라 안팎의 자연재해나 전쟁이 그 계기가 될 것이다. 한국은 의료와 사회 안전에 관한 여러 가지 항목 평가에서 세계 상위권에 속하는 나라지만, 이진이가 사는 이 세상은 예측 가능성이 높은 위험에 둘러싸여 있다. 그중 상당수에 대해서는 '어쩔 수 없지 뭐' 하며 손 놓고 있다. 내가 이진이 나이 땐 '북괴의 기습 남침'과 '무장간첩의 침투' 말고는 아이들이 걱정하는 사회적 위험은 없었는데. 이렇게 보면 어른이라고 해봤자, 선진국이라고 해봤자 참 무기력하기 짝이 없는 존재다.

그때는 공포, 슬픔, 분노를 극복하는 데 이진이가 스스로 감당해야 할 몫이 지금보다 훨씬 더 클 거다. 우리 부부의 몫은 이진이가 안정된 심리 상태를 유지하면서 자연스럽게 성장할 수 있도록 도와주는 것밖에 없다. '그것밖에'라고 썼지만, 그거가 어려운 일이다. 그거 하려면 우리가 먼저 안정된 심리 상태를 가지고 잘 살아야 한다. 생각해 보니, 이진이가 다시 죽음을 인식하게 되면 그 인식이 또다시 내게도 전달된다. 한 2년 후에 다시 딸 덕에 내 삶을 돌아보고 피할 수 없는 미래 앞에서 겸허해질 수 있는 계기를 가진다면 그건 꽤 괜찮은 일이겠다.

질문

- '통제할 수 없는 변수'에 대한 통제력을 높이는 방법은?
- 아이가 좋은 심리 상태를 유지하려면?

'혹시'라는 이름의 욕망

"어린애들을 학원 뺑뺑이 돌리는 거 다 부모 욕심이지. 그런다고 그 욕심을 채울 수라도 있나? 애들은 힘들어하고 돈은 돈대로 버리는 짓이잖아. 애들은 실컷 뛰놀게 해야지. 물론 어릴 때부터 음악이나 운동에 익숙해지는 건 좋은 일이니까, 그 정도는 학원에 보낼 수 있겠지만. 그렇다고 해서 공부 잘하고 좋은 대학 가나? 그리고 궁극적으로 좋은 대학 간다고 해서 아이 인생이 행복해지나?"

딱히 반박할 것도 없는 이야기다. 맞는 말이라고 볼 수도 있겠다. 그래서 나도 같은 생각을 하고 있었다. 조기교육 열풍, 사교육 시장과 가계 부담의 증가, 출생률 저하에 관한 뉴스를 보곤 혀를 끌끌 차면서 비슷한 이야기를 하곤 했다. 축구, 줄넘기, 종이접기 같은 것도 학원이나 과외 선생을 통해 배운다는 이야기를 듣고는 '말이 되냐?'고 반문도 했었다. '앞에서는 아직도 사회 정의를 외치면서 뒤에서는 철저하게 실속을 챙기는 겉 다르고 속 다른 80년대 학번 선배들이 세상을 망쳐놓은 것'이라고 생각하기도 했다.

이진이가 태어났을 때는, 이상도 중요하지만 사회구조라는 것이 나 혼자 힘으로 어쩔 수 없으니 현실에도 적응해야 한다고 생각이 조금씩 바뀌었다. 그렇게 해서 나온 나의 '현실적 시나리오'는 대략 이런 식이었다.

'내 딸은 정말 멋있게 키워야지. 그러려면 부모의 사랑과 정성이 제일 중요하지. 내 장점은 고스란히 물려주고, 내 단점도 내가 잘 아니까 그걸 피할 수 있도록 주의해서 키우면 인성과 교양과 지식을 다 갖출 수 있을 거야. 사교육은 꼭 필요한 것만으로 최소화해서 시켜야지. 어려서부터 쓸모없는 경쟁에 휘둘리지 않게 하고 독서와 대화를 통해 내공을 차곡차곡 쌓아줘야지. 그러면 풍요로운 삶을 살게 되는 거고, 그러면 스스로 공부를 해야 하는 이유를 깨치게 되지. 그러면 마라톤이나 다름없는 입시 경쟁의 승리는 덤으로 따라오게 되지. 나는 초보 아빠이긴 하지만 이미 세상의 산전수전을 다 겪었고 사회 변화에도 밝으니까 충분히 할 수 있어.'

이런 철학과 계획은 부부가 공유해야 하니까 아내한테만 설파했다. 친구 누구네, 아는 언니 누구네는 아이가 몇 살인데 벌써 이런저런 학원을 보낸다더라, 목동 학원에 다니는 누구네 애는 이제 몇 살인데 벌써 영어 발음이 네이티브 스피커 수준이라더라, 우리 이진이도 금방일 텐데 앞으로 어떡하나 걱정을 늘어놓는 아내에게 '그런 이야기 신경 쓸 필요 없다. 내가 다 계획이 있으니 우리는 이렇게만 하면 된다. 그러면 우리 가족도 다 행복하고 이진이도 뛰어난 아이로 자라게 될 거'라고 안심시켰다.

어쨌든 젖먹이 시절에야 말 그대로 애 키우는 데 정신이 없었고 이런 건 다 나중 이야기였다. 이진이가 쑥쑥 자라서 말문이 트이면서부터는 남들한테 말 못할 고민 아닌 고민도 생겼다. 이진이를 가지면서 '튼튼하고 행복하게만 자라라. 그러기만 하면 아빠는 더 바랄 것이 없다.'고 다짐했고 건강하게 태어난 이후에도 신체와 인지, 정서의 여러 발달 단계를 잘 밟아가며 자라서 감사했다. 그런데 애가 별 탈 없이 잘 클수록 스멀스멀 욕심이 생기기 시작했다. 욕심은 별 근거 없는 기대로 이어져서 이진이가 너무 일찍부터 영재성을 드러낼까 봐 걱정됐다.

'학교 가서야 당연히 공부 잘하겠지만 네다섯 살부터 문해력이나 수학 혹은 음악 같은 것에 탁월한 재능을 보인다면? 조기에 영재교육을 해야 하나? 아이의 타고난 재능을 발견해서 키워주는 건 부모의 몫이지만 또래들과 어울려 재밌게 놀면서 평범하게 커가는 것이 행복한 삶인데….'

천재들의 상당수는 어려서부터 영재성을 발휘했지만, 어려서 영재성을 발휘한 사람들이 모두 탁월하고 행복한 삶을 산 건 아니다. 부모의 욕망이 만든 가짜 영재, 조숙하게 재능을 드러냈지만 뒷심이 부족해 기대만큼 성장하지 못한 사람, 과도한 관심과 기대가 오히려 아이를 망친 경우들이 수두룩하니까.

아이들 키우는 다른 집처럼 우리 집 벽 여기저기에도 동물 그림과 함께 기역, 니은, 디귿, 리을이 큼지막하게 박혀 있는 대형 포스터를 붙여놓긴 했지만 나는 이진이에게 너무 일찍부터 과한 자극이나 압박은 주지 말아야 하겠다고 다짐했다. 그래도 이진이가 아빠·엄마 대화의 복잡한 대화에 그럴듯하게 참견한다든가, 꽤 어려운 단어를 구사하는 모습을 보일 땐 '혹시' 싶긴 했다.

근데 이 고민은 상당히 일찍 해결됐다. 한참을 거슬러 올라간 이야기인데, 아내가 이진이를 가졌을 때 다니던 산부인과 병원에서 '어린이 환경 보건 출생 코호트' 모집 안내문을 받았다. 그때는 아이에 관련된 건 뭐든 꼼꼼히 살펴보던 때이기도 하고 처음 들어보는 건데 이게 뭔가 싶어서 자세히 살펴봤더니 상당히 큰 의미가 있는 사업이었다. 환경부 주관의 국가 연구 프로젝트인데, 태아의 환경부터 출생 이후 성장까지 유해 환경과 오염 물질이 성장 과정에 어떠한 영향을 미치는지 장기 추적 관찰하는 연구를 위해 2015년부터 2019년까지 임신한 여성을 모집한다는 이야기였다. 우리 아이는 물론 다음 세대 전체를 위한 연구이기도 한데다가 공적 이익에 기여한다는 대의명분뿐 아니라 사업 참여자에게도 상당히 매력이 있었다. 상세 코호트 조사 대상에 선정되면 정해진 시기에 검사에 응하고 상당히 빽빽한 설문지를 작성하는 수고는 뒤따르긴 했지만 생후 6개월, 12개월, 24개월, 36개월 시점에 그 이후부터 초등학교 입학 때까지는 매년 1번, 그 다음에는 초등학교 1학년과 4학년, 중학교 1학년과 고등학교 1학년 때 성장과 신경 인지 발달 검사를 무료로 해준다는 것이었다. 집 안의 오염 물질 지수도 측정해준다고 했다. 아이에게 무슨 약을 먹이거나 실험 대상으로 삼는 것도 아니고 위탁 검사 기관은 우리 집에서 가까운 대학 병원이니 더 신뢰가 가서 냉큼 응했고 운 좋게도 선정이 됐다.

6개월, 12개월, 24개월 검사에서 이진이는 성장, 신경 인지 발달 모두 아무 문제가 없었다. 체중과 키도 잘 크고 있었고 눈 맞추기부터 해서 일어서기, 걸음마, 말문 떼기 등의 발달 사항도 양호했다. 스케줄을 미리 조정해서 검사마다 부부가 함께 갔다. 옆에서 보기에 검사가 대단히 정밀해 보이진 않았지만, 문제 요인을 미리 발견하기에는 충분한 것 같았다.

36개월 검사부터는 그 이전과 달리 신경 인지 발달 검사가 세분되기 시작했다. 인지 발달, 언어 발달, 개인/사회성 발달 같은 정신 척도 검사, 소근육 발달과 대근육 발달로 나뉜 운동 척도 검사, 연구원과 일대일 검사 과정에서 나타나는 정서와 각성 상태로 살피는 행동 평정 등에 대한 검사가 진행됐다. 그때까지 검사에서 신체나 정서 발달의 문제점이 발견되지 않았지만, 드디어 이제부터는 영재성의 징후가 드러날 수도 있겠거니 했다. 그러나 결과는 그렇지 않았다. 36개월 정도부터 이진이의 신체 발달은 상대평가 기준으로도 월등해졌다. 기록상으로도 최상위권에 해당했고 놀이터 같은 곳에 나가보면 한두 살 더 많은 언니·오빠하고 진배없었다. 외탁한 것이 틀림없어서 이에 대해서는 처가 식구들에게 늘 감사한 마음을 갖고 있다.

그런데 세분된 신경 인지 발달은 많이 달랐다. 좀 높게 나오는 항목도 있었는데 대체로 말해 보통이었다. 소근육 발달이나 어른 도움 없이 스스로 뭘 하는 자조 능력 검사에서는 평균보다 낮은 점수가 나왔다. 다행히 크게 걱정할 수준은 아니었다. 48, 60개월 검사에서도 신체 발달은 탁월, 신경 인지 발달은 평범의 추이는 계속됐다. 처졌던 항목들은 향상돼서 평균 수준을 기록했고.

신경 인지 발달 검사가 복잡해졌을 때 나도 집에서 나름대로 테스트를 해봤다. 책을 읽어주고 시간이 좀 지난 다음 그 내용을 다시 물어보거나, 몇 가지 사항을 한 번에 말해준 다음 엄마한테 가서 그대로 이야기해주라고 해본 다던가, 무엇인가에 집중하는 시간을 재본다던가, 더하기와 빼기의 개념을 알려준 다음 응용력을 살펴본다던가, 공간 지각 능력을 살펴본다던가…. 또래 다른 아이들보다 조잘조잘 말이 많다는 걸 제외하곤 특이점이 없었다. 피아노 학원에 다니기 시작했는데 재능은커녕, 재미도 없어 했다. 피아노 선생님은 늘 말씀해주시곤 했다.

"오늘은 이런저런 걸 해봤어요. 이진이가 처음에는 힘들어했는데 … 결국은 해냈어요."

문득 실망감이 들었다. 이진이가 아니라 나 자신에게. 우리 딸의 몸과 마음과 두뇌는 모두 잘 성장하고 있는데, 아빠라는 사람이 자기 아이를 무슨 긁지 않은 로또 복권인 양 여긴 게 부끄러웠다. 나는 내가 속으로 비웃었던 남들보다 훨씬 더 의뭉스럽고 거창한 욕심의 소유자라는 사실을 깨달았다. 그러자 제 나이만큼 씩씩하고 장하게 크고 있는 우리 딸이 더 사랑스러워졌다.

그렇다고 해서, 거시적 관점(?)으로 보면 초보 아빠인 주제에 내가 모든 집착과 욕망을 내려놓고 큰 도를 깨달은 건 아니다. 영원히 그 도를 깨닫지 못할 게 분명하다. 나는 이진이가 앞으로 키도 크고 얼굴도 이쁘고 공부도 잘하면 좋을 것 같다. 옳지 못한 욕망이라고 생각하진 않는다. 지극히 정상적인 바람이다. 욕망을 다르게 표현하면 동기부여가 되기도 한다. 동기부여가 없으면 성취도 없기 마련이다. 다만 이 욕망이 나와 이진이를 갉아먹지 않도록, 선을 넘지 않도록 늘 경계하려고 노력하는 중이다. 그 선을 만드는 어려운 일도 우리 부부와 이진이의 몫일 테지만. 그런데 솔직히 말하건데, 요즘도 나는 이진이가 간혹 애답지 않은 엉뚱한 소리를 하면 '혹시, 역시 우리 딸이 천재인가?' 싶을 때가 있다.

질문

- 우리 아이가 천재라면 어떻게 하지?
- 욕망이 나와 아이를 갉아먹지 않으려면?

학원, 돈과 시간의 딜레마

인격 도야에 초점을 둔 훌륭한 교육철학과 수월성 획득을 달성하기 위한 탁월한 교육 전략을 수립해 이진이를 키우겠노라는 야심은 날이 갈수록 시들시들해졌다. '시류에 너무 처지지 않고, 그렇다고 너무 휘둘리지도 말자'는 유연하고 현실적인 기조로 바뀌었다.

　이진이는 어린이집에서도 친구들과 어울려 지내고 동네 놀이터에서도 뛰어놀면서 잘 컸다. 그런데 다섯 살이 되자 하나둘 뭔가를 배우러 다니는 친구들이 생기기 시작했다. 이진이는 집에서 보내는 시간 동안에도 장난감 가지고 놀고 책 보고 유튜브도 시청하면서 잘 지내긴 했지만, 우리 부부한테는 이진이의 하루가, 일주일이 점점 길게 느껴졌다.

이진이가 여섯 살이 되자, 어디 보내긴 보내야 하나 싶었다. 왠지 나는 다섯 살 때부터 뭘 가르치는 건 호들갑이지만 여섯 살은 적당한 것 같은 느낌적 느낌이 있었다. 빠릿빠릿한 애들이야 다섯 살이 아니라 네 살 때부터도 재능을 발현한다지만, 우리 애가 그렇지 않다는 건 이미 확인했다. 어린이집에는 유아교육과 돌봄을 전문적으로 훈련받은 선생님들이 계시지만, 특기 학원은 아무리 아이 대상 프로그램을 만들어놓는다고 해도 좀 다르지 않을까 하는 걱정도 있었다. 그러다 어느덧 이진이는 여섯 살이 됐다. 아내는 피아노학원이나 발레학원이 어떠냐고 운을 뗐다. 내가 어렸을 적 부산에서도 태권도, 미술, 피아노, 주산 학원은 드물지 않았고 '웬만한 집' 아이들이 그런 곳 한두 군데 다니는 건 어색하지 않은 분위기였다. 나도 일곱 살 때 한글 깨치고부터 피아노학원에 다녔다.

하지만 발레나 무용은 달랐다. 동네에 무용학원도 없었고 초등학교 고학년쯤 되어서야 부잣집 딸로 소문난 누구누구가 자가용차 타고 무용 배우러 다닌다는 소문이 돌았다. 하지만 30~40년이 지났으니 세상이 많이 바뀌었다. 주위에 딸 부모 중에서는 발레학원에 보냈다는 사람이 적지 않았다. 여자아이들이 워낙에 좋아하고, 발레 배우면 팔다리도 쭉쭉 길어지고 자세도 바르게 된다고 했다. 그래도 발레학원은 '강남 애들'이나 다니는 게 아닌가 싶었는데, 막상 우리 동네에도 발레학원이 몇 군데나 있었다. 이진이와 함께 제일 가까운 학원에 가보니 미취학아동 반이 편성되어 있었다. 다섯 살 먹은 애들도 꽤 있었고 보통 여섯 살이 많다고 했다. 발레복을 차려입고 귀엽게 몸을 움직이는 또래들을 본 이진이는 상기된 표정으로 선언했다.

"나도 발레 다닐 거야!"

그냥 동네 학원이고 아이들 재미로 다니는 수업이라 그런지 비용도 우리가 납득 가능한 수준이었다. 발레복과 신발은 생각보다 더 쌌다. 이미 꽤 대중화되어서 시장이 상당해진 듯했다. 당장 등록하려 했는데, 우리는 물정 모르는 부모였다. 발레학원 원장님은 우리를 돌려보냈다.

"클래스가 꽉 차 있으니, 일단 대기 걸어드릴게요."

명단에 이름을 올려놓은 다음에는 피아노학원을 물색해봤다. 그런데 아이들이 많은 동네인지라 상가 건물마다 피아노학원이 몇 개씩 들어서 있었다. 그러고 보니 피아노학원뿐 아니라 미술학원, 영어학원, 수학학원, 논술학원, 바둑학원, 과학논리학원 등 간판만 봐서는 뭘 가르치는지 알기 힘든 학원들. 또 태권도장, 합기도장, 검도장….

'학원 없는 동네에서 애 키우기 힘들다. 학원 많은 게 복이다. 게다가 학원은 집값을 굳건히 뒷받침해주는 중요 인프라다.'라는 이야기를 듣긴 했지만 그러려니 하고 살았는데, 우리 애를 학원에 보내려고 하니 모든 것이 우리 일로 다가오기 시작했다.

"아, 우리도 이렇게 K-부모가 되는구나. 이진이도 이제 좋은 시절 얼마 안 남았구나."

"눈에 보이는 게 다가 아니야."

아내가 말했다. '그게 무슨 소리냐'고 물어봤다.

"셔틀버스 못 봤어? 레벨 테스트 받아서 클래스 편성되는 '수준 높은' 영어학원, 어린이수영교실은 버스 타고 가는 거야. 피겨나 아이스하키 수업하는 목동아이스링크나 영재교실 같은 데는 직접 자기 차로 데리고 다녀야 하고."

속속들이 구체적인 걸 몰라서 나도 여기저기서 듣긴 들어본 이야기였다.

어쨌든 눈앞의 과제를 해결해야 하니 우리는 피아노학원을 물색했다. 문의해보니 글을 읽을 줄 모르면 수업 따라가기 쉽지 않다는 곳이 많았다. "'도레미파'라도 배우려면 그렇겠지. 근데 우리 딸은 아주 쉬운 글자밖에 모르는데, 돈 내고 가서 애가 스트레스 받을 일 있나. 근데 피아노학원 다니는 이진이 또래 애들은 벌써 다 한글을 깨쳤다는 거야?"라는 생각이 들었다. 아, 이렇게 해서 남의 아이와 자기 아이를 비교하게 되고 압박받게 되는 거구나 싶었다.

그러던 중 아내가 '눈에 보이지 않는 곳'을 찾아왔다. 우리 아파트 단지 안에 집에서 교습을 하는 선생님이 있는데, 바이엘-체르니식의 전통적 커리큘럼 대신 리듬과 멜로

디에 친숙해지는 것부터 시작하는 놀이식 수업을 진행한다고 했다. 편히 걸어 다닐 수 있는 것도 맘에 들었고 글 몰라도 배울 수 있다는 것도 맘에 들었다. 역시 피아노를 처음 배우는 이진이 동갑내기 아이랑 셋이 같이 배우게 된다는 것도 괜찮았다. 이진이도 좋다고 했다. 이렇게 해서 학원의 세계에 입문. 이진이는 처음에는 재밌어하더니 곧 심드렁해져서 몇 달간 다니다가 관뒀다. 그래도 성과라면 이진이가 절대음감이나 특별한 음악적 재능을 갖고 있지 않다는 사실을 확인한 것.

대기 걸어놓고 몇 달 지나 자리가 생긴 발레학원은 피아노보다는 나았다. 일단 피아노보다 재밌어했다. 발레복과 신발을 신은 자기 모습에 일종의 나르시시즘도 느끼는 것 같았다. 애가 좋아하니 우리 부부도 만족스러웠다. 운동신경이 썩 좋지 않은 아이가 몸 쓰는 법을 구체적으로 배우는 것도 마음에 들었다.

여섯 살이 끝나갈 무렵 발레도 관뒀다. 특별한 재능은 없어도 좀 진득하게 하지 싶은 마음도 있었기 때문에 안 다니겠다는 말을 듣곤 조금 실망했다. 그런데 돌이켜보면 교습한 지 서너 달까지는 새로운 것도 배우고 재밌겠지만, 그 이후에는 반복해서 숙련의 연속이었으니 흥미가 떨어졌을 것 같다. 뭐든 그 지루한 과정을 밟아야 다음 단계로 넘어가는 법인데, 이진이도 언젠가 그런 걸 발견하겠지?

발레를 그만두기로 한 후에도 뭔가 몸 쓰는 걸 계속 시켜주고 싶었다. 건강과 성장에도 도움이 될 것이고 어릴 때 자기 몸에 대한 통제력을 높여놓으면 커서 다른 운동을 할 수 있는 기반이 되니까. 그렇다면 태권도가 손쉬운 선택지였다. 그런데 태권도장은 너무 흔해서 내가 조금 싫었다. 다른 선택지는 합기도였다. 마침 동네에 평판이 좋은, 여기서 평판이 좋다고 함은 무술 실력에 대한 것이 아니라 아이를 잘 돌봐주기로 평판이 좋다는 의미다, 합기도장도 있었다. 도복을 입고 날렵하게 낙법을 치는 합기도 소녀 윤이진을 머릿속으로 그려보니 내가 더 흥분이 됐다. 이진이를 데리고 합기도장에 찾아가 보니 또래 여자아이들도 많았다. 요즘 태권도장이 그렇듯, 그 합기도장에도 무술 외에 어린이를 위한 각종 프로그램이 많았다. 예절 교육, 줄넘기 등등. 게다가 아이들 도복 갈아입는 건 여자 사범님이 도와준다고 했다. 와, 이런 좋은 곳에 보낼 생각을 왜 진작에 못했을까 싶었다. 수강료도 피아노나 발레에 비하면 싸니 가성비도 탁월.

　　일곱 살이 되던 1월 이진이는 이렇게 합기도복을 입고 예술에서 무술로 전환했다. 도장에 다니면서 예절도 바르게 되고 몸놀림도 재빨라지는 것이 확연히 느껴졌다. 발레학원에 다니는 동안 너무 일찍 '여자, 여자' 하게 크는 것 아닌가 하는 걱정도 있었는데 그 걱정도 싹 사라졌다.

노란 띠, 녹색 띠를 딴 후에는 지루해하더니 중단. 하지만 중단하면서 '나중에 합기도를 또 하겠다'고 스스로 여지를 남겼다.

제일 오래 꾸준히 다닌 곳은 미술학원이다. 매주 토요일마다 근 2년을 다녔다. 이진이가 아직은 이런저런 학원 다니면서 지루함을 느끼긴 해도 크게 스트레스를 받진 않은 눈치다. 다니기 싫다고 하면 그만두게 하기도 했으니까. 미술학원은 특히 그런 것 같았다. 선생님 도움하에 자기가 표현하고 싶은 걸 재밌게 그리는 시간이고 뭔가 주말의 보너스 느낌도 났다. 현재 기준으로 장래 희망도 화가란다.

학교 입학을 몇 달 남겨놓고부터 대망의 영어학원에 다니기 시작했다. 아내가 동네 사람들 인터넷 카페에서 정보를 입수한 곳이었다. 근데 여긴 정말 다른 곳과 느낌이 달랐다. 발레, 피아노, 합기도, 미술 학원은 거기 다니면서 예술적 소양을 함양하고 실질적 기술을 익히기를 기대하긴 했지만 재밌어하면 계속하고 아니면 말고 싶은 마음이었다. 심심해하니까 뭐라도 해볼까 싶어서 가기도 했고. 하지만 영어는 학습의 영역이다. 내 주위에도 해외 근무 때 가족을 다 같이 동반해서 아이 영어 걱정 하나는 덜었다는 사람들, 영어 유치원에 보내는 사람들이 수두룩했다. 중·고등학교 때까지 학교 시험은 곧잘 봐서 내가 영어를 잘하는 줄 알고 있다가 대학 입학해 원어민 수업을 만나자

마자 좌절해버린 나 자신의 고충도 떠올랐다. 여기서부턴 하기 싫다고 해서 안 할 수도 없는 것인데, 이 학원을 힘들어하고 짜증내면 영어에 대한 첫인상이 아예 나빠질 텐데 등 온갖 걱정이 다 생겼다. 그래서 선생님의 커리어, 교재 등도 꼼꼼히 살펴봤다. 나쁘지 않아 보였는데 실제로 어느 수준인지 가늠할 수 없었다. 다른 영어학원이 어떤지 전혀 모르니까.

다행히 현재까진 만족이다. 일단 이진이가 선생님을 좋아하고 같은 클래스에 있는 동갑내기 친구 다섯 명하고도 사이좋게 지낸다. 영어 공부에도 흥미를 느끼는 것 같다. 내가 볼 때 실력도 많이 늘었다. 다만 문제는 다른 아이들보다도 월등히 장난을 많이 친다는 점인데 이것도 점점 나아진 것 같다.

이렇게 이진이는 학교 가기 전에 사교육 세상에 본격적으로 발을 디뎠다. 우리는 다른 집에 비하면 시키는 것도 아니지 싶고 동시에 두 개를 수강하고 있을 때도 하루에는 한 군데만 다니게 했는데 써놓고 보니 벌써 이것저것 많이도 했다. 내가 제삼자라면 '저 집도 이것저것 꽤 시키는구나'라고 생각했을 것 같다.

뭘 하든 애가 재밌어하고 잘하는 것이 제일 중요하지만, 사교육의 시작은 부모 입장에서 보면 두 가지 짐의 부과다. 첫째는 돈의 문제. 어린이집에 다니고 또 운 좋게 공립 유치원에 다니는 동안은 돈 낼 일이 거의 없었다. 유치원 가서는 이것저것 자꾸 뭘 받아오기까지 했다. 사교육을 시작하니 '애한테 돈 든다'는 게 실감이 나기 시작했다. 피아노나 발레만 하나 다닐 땐 잘 몰랐는데 예체능 하나에다가 영어학원도 같이 다니고부터는 '꽤 든다' 싶다. 가처분소득의 상당 부분을 차지하기 시작했다. 미래를 생각해본다. 이진이가 공부든 뭐든 처지기 시작하면 답답하니까 학원에라도 보내고 싶겠지? 운 좋게도 뭔가에 탁월한 재능을 보인다면, 학교 수업만으로 모자라니까 학원에 보내고 싶겠지? 개미지옥에 빠진 셈이다.

둘째는 시간의 문제. 학교 입학하니 일찍 집에 돌아오고, 시간이 많으니 뭔가를 해야 한다. 뭘 하고 싶어서, 익히려고 학원에 가는 게 아니라 시간 보내려고 학원을 찾아야 하는 현실이다. 부모 입장에서도 아직은 학원에 데리고 다녀야 하니까 그 시간 투여가 만만찮다. 학원에 데리고 가고 대략 50분 수업 시간을 때워야 하고 또 데리고 돌아와야 한다. 우리 집은 다행히 아내와 내가 돌아가면서 이진이를 데리고 다니는데, 주중 학원에서는 다른 아빠들 모습은 거의 보이지 않는다. 주말 발레학원이나 미술학원에는 엄마들보다 아빠들 얼굴이 더 많이 보이긴 한다. 물론, 이건 아이가 커서 혼자 다닐 수 있게 되면 상당히 해결될 문제지만, 취학 전에서부터 초등학교 저학년 아이를 둔 부모에게는, 그 부모는 한창 일할 때인데, 어찌 보면 돈보다 시간이 더 큰 부담이다. 앞날을 이렇게 내다보면 확실히 '노답'이다. 입시 걱정은 아직 시작도 안 했는데.

질문

- 세상의 많은 학원들이 성업하는 이유는?
- 돈과 시간의 딜레마에서 답을 찾을 수 있을까?

4 아기에서 여자아이로

유치원과 친구

만족스러웠던 어린이집 생활이 끝날 즈음부터 새로운 고민과 과제들이 차례로 등장했다. 이진이 몸과 마음이 가속을 붙여가며 성장하는 건 경이로운 일이었지만 부모 역할도 같이 늘어나고 있었다. 또래보다 몸이 잰 편도 아닌데 킥보드를 타고 동네를 씽씽 달리는 모습은 장했지만, 꽁무니를 쫓아가기가 점점 힘들어졌다. 활동 폭이 넓어지니 노출되는 위험의 크기와 종류도 늘어났다. 그리고 어린이집 수료가 눈앞으로 다가오면서 이제 이진이가 보육에서 교육의 대상으로 넘어가는구나 싶었다.

'백년지대계'라는 말도 있지만 교육은 정말 어려운 문제다. 특히 우리나라에서는 더욱. 인성 교육과 지식 교육, 공교육과 사교육, 공급자와 수용자, 수월성과 보편성 등 여러 대립각이 복잡하게 얽혀 있다. 게다가 대한민국 사람 대부분은 자기가 교육에 대해 잘 안다고 생각한다. 다들 학생이거나 학생이었고, 상당수는 학부모였거나 학부모니까. 나 역시 유치원, 학교, 학원 생활을 근 20년 거친 교육 베테랑이지만 이제부터 학부모가 된다고 생각하니 … 긴장감과 막막함이 엄습했다. 지금까지 살면서 해보지 못한 고민과 결정이 눈앞에 닥치기 시작했다.

일단 첫 번째 고민은 '영유'에 대한 것이었다. 사실 내가 이 문제를 두고 고민하게 될 줄은 꿈에도 몰랐다. 이후로도 고민하게 될 줄 꿈에도 몰랐던 일들에 대해 자꾸 고민하게 됐지만. 졸업은 못했지만, 나는 명문으로 꼽히는 대학 영문학과를 다녔었다. 우스운 성적의 소유자였지만, 그래도 비싼 등록금 내고 왔다 갔다 하면서 들은 영어에 대한 풍월이 적지는 않았다. 영어 환경에 일찍 노출되어야 영어에 대해 겁을 먹지 않게 되고 발음과 억양의 때깔이 달라진다는 주장에 대해서는 상당히 비판적이었다. 섣부른 이중 언어교육에 대해서는 부정적이었다. 말이 영어 유치원이지 실은 전일제 학원인데 급식을 비롯해 아이에 대한 보살핌이나 체계적 발달 교육에 대해서는 허점이 많을 것이라고도 생각했다. 그리고 한국 사회에서 영어 유치원이 가지고 있는 사회적 위치와 인식에 대해서도 부정적이었다.

근데 이진이가 유치원 갈 시기가 되자 머릿속이 복잡

해졌다. 일단 가족을 동반해 주재원, 해외 연수, 특파원 생활을 하고 온 주위의 기자, 공직자, 대기업 임직원들이 너무 부러웠다. 그들 대부분이 이렇게 말하곤 했다.

"어휴, 그때가 정말 좋았는데…. 돌아와서 보니 정말 우리나라 교육이 문제는 문제야! 그래도 애들 영어는, 다녀오니 걱정이 없어졌어. 근데 어차피 요즘 애들은 영어 다 잘해서, 별 변별력도 없어."

우리 딸은 아빠 따라 외국에 나가서 영어 익히고 올 기회가 앞으로도 없을 텐데…. 내가 집에서 'A, B, C, D'부터 가르친다고 될 일도 아닐 텐데…. '영유'라도 보내야 하는 거 아닌가 싶은 생각이 들기 시작했다. '영유' 보내는 사람들에 대한 괜히 삐딱하던 마음은 싹 사라졌다. 비용은, 참 비쌌는데, 뭐 보내면 보낼 수 있지는 않을까 싶기도 했다.

하지만 고민은 그리 길지 않았고 '영유'는 선택지에서 지웠다. 어쩌면 이진이가 미워지는 일이 생길지도 모르겠다는 것이 제일 큰 이유였다. 허리띠를 졸라매고 영어 유치원에 보냈는데 이진이가 심드렁해 한다거나 심지어 싫어한다면 '내가 얼마나 힘들게 너를 뒷바라지하는데, 니가 어찌…' 하는 억하심정이 생길 것만 같았다. 그러면 이진이도 그런 부모를 싫어하게 될 테고. 언제까지나 계속 그러진 못하겠지만 아직까지는 '개구쟁이라도 좋다. 튼튼하게만 자라다오.'라며 하하 호호 웃고 살고 싶었다. 지금 곰곰이 생각해보면 내가 '(저 포도는 분명히 시어서 맛이 없을 거라는) 신 포도의 논리'를 개발해낸 거 아닌가 싶은데, 그래도 잘 판단한 것 같다.

'영유'를 배제한 후에도 다른 난제가 등장했다. 어린이집과 마찬가지로 유치원도 보내고 싶은데 보낼 수 있는 것이 아니었다. 주위를 둘러보니 아이가 걸어가긴 좀 힘든 거리에 새로 생긴 지 얼마 안 된 큰 규모의 공립 단설 유치원이 하나 있었고, 우리가 살고 있는 아파트 단지와 붙어 있는 공립 초등학교 병설 유치원이 하나 있었다. 그리고 버스로 통학해야만 하는 사립 유치원들이 있었다. 사립 유치원들은 평판이 제각각이었는데, 전통 있고 다양한 교육 프로그램을 갖춘 곳은 경쟁률도 높고 비쌌다. 공립 유치원 두 곳은 일단 가깝다는 것이 최고 장점이었고 돈 낼 일도 거의 없었다. 다만, 인성 교육(?)에 매진하기 때문에 뭘 배워서 오는 게 없다고 했다. 경쟁률은 매우 높고.

우리 부부는 일단 공립 유치원 지원을 마음의 우선순위로 삼았다. 단설은 체계적이고 전문적이니까 좋을 것 같고, 병설은 횡단보도 건널 필요도 없이 걸어 다닐 수 있으니 좋을 것 같았다. 문제는 경쟁률인데, 별 기대 없이 안내문의 우선 모집 대상을 훑어봤다. 특수교육 대상자, 법정 저소득층⋯. '그래, 여기 해당하는 아이들을 먼저 뽑아야지' 하면서 역시 우리는 해당이 없구나 싶던 차에 보훈 대상자 항목이 눈에 들어왔다. 자세히 보니 상세 항목 중에 '독립유공자 예우에 관한 법률'이라는 문구가 있었다.

"감사합니다. 할아버지!"

소리가 저절로 나왔다. 이 나라의 독립을 위해 투쟁한, 일제강점기에 옥고를 치르고 뒤늦게 서훈을 받아 지금은 대전현충원 애국지사 묘역에 잠들어 계신 할아버지께서 증손녀에게 이런 선물을 주시는구나 싶었다. 흥분을 가라앉히고 다시 보니 작은 글씨로 '손자까지'라고 적혀 있었다. 즉, 내가 국공립 유치원에 지원하면 혜택을 주지만 이진이는 해당이 없다는 이야기였다. 그나마 독립유공자는 '손자까지'이지 참전용사, 5·18 유공자, 고엽제 후유의증 해당자들은 '자녀까지'였다. '장난치나' 싶었다.

지금도 버젓이 이런 '혜택'이 유지되고 있는데, 단언컨 내 1945년 이전에 조국의 독립을 위해 싸운 분들의 손자녀 중 유치원 지원할 나이 때에 해당하는 아이는 단 한 명도 없을 것이다. 6·25전쟁 혹은 월남전 참전 용사나 5·18 유공자의 자녀 중에도 없을 가능성이 매우 높다. 대대손손으로 훌륭한 조상 덕을 봐야 한다는 건 아니다. 하지만 생색낼 항목 늘리는 것 외에는 이런 쓸데없는, 당사자들 기분만 나빠지는 건 다 지워버려야 한다.

어쨌든 순간의 흥분과 빡침을 가라앉히고 단설 유치원, 병설 유치원, 사립 유치원 순으로 세 곳을 지원했다. 다

떨어질 수도 있는데, 사립 유치원들은 추가 지원도 가능하다고 했다. 공립 유치원들은 경쟁률이 워낙 높아서 기대가 그리 크진 않았다.

그런데 웬걸? 이진이가 높은 경쟁률을 뚫고 동네 병설 유치원에 선발된 것이었다. 하원 시간이 빠른 것이 걱정거리였는데, 이진이는 유치원 합격에 이어 '방과 후 돌봄 과정' 선발도 연달아 뚫었다. 이렇게 운이 좋아도 되나 싶은 정도였다.

유치원 생활도 큰 탈 없었다. 그 기간이 코로나19 팬데믹과 정확히 겹친 것이, 3년 내내 마스크 쓰고 다닌 게 안쓰럽긴 했다. 사십여 년 전에 내가 유치원에 다닐 때도 봄가을 날씨 좋을 땐 여기저기 바깥나들이가 많았는데, 이진이 유치원 생활은 그런 게 전혀 없었다. 그런데 전 세계가 다 같이 겪은 일이니 상대적 박탈감이 생길 여지가 없는 건 다행이랄까? 오히려 애를 공립 유치원에 보내고 있다는 것, 학교 가서가 아니라 유치원에서 코로나19를 치른 것이 안심되는 면도 있었다.

유치원도 교육기관이니까, '학부모'가 되면서 새로 눈에 들어오기 시작한 것이 많았다. 사립 유치원과 비교할 때 공립 유치원은 '공부'에 대한 교육은 정말 하나도 없었지만 인성, 시민교육, 환경에 대한 강조, 팬데믹에 대한 위생 교육은 정말 철저했다. 선진국 아이들이 이렇게 교육을 받는구나 하는 생각이 들었다.

교육 예산이 남아돈다는 뉴스가 실감이 났던 것이 이진이는 유치원에서 철철이 마스크, 학습 교구, 장난감, 생일 선물 등 뭘 정말 많이 받아왔다. 돈 안 내서 좋으면서도 이래도 되나 싶은 마음이 절로 들었다. 이진이 유치원 지원을 준비할 때 알아본바 우리 동네 기준으로 영어 유치원 말고 일반 사립 유치원 다니는 데 드는 돈은 이것저것 해서 대략 30만 원에서 50만 원 정도였다. 그런데 이진이는 0원. 부모들의 교육철학이 워낙에 달라서 원하는 유치원에 간 것도 아니고 뽑기 운 따라간 경우가 대부분인데 이러는 게 맞나 싶다. 생활수준에 따라 부담 수준을 달리하는 걸 원칙으로 하고, 공립은 부담을 좀 높이고 사립은 부담을 낮춰서 격차를 줄이는 방향이 옳지 않을까?

초등학교 병설 유치원의 특수한 문제점도 있었다. 같이 있는 초등학교와 급식 메뉴가 같기 때문에 맵고 자극적인 음식이 나오면 유치원 아이들은 꽤 어려움을 겪었다. '정치하는 엄마'라는 시민 단체가 이 문제를 이슈로 끌어올리기도 했을 때 나도 크게 공감했다. 유치원에 만족했고 선생님들도 좋았고 국가의 지원도 예상보다 훨씬 컸지만 이런 구조적인 문제들이 눈에 들어오기 시작했다.

그런데 구조적 문제를 보니 바로 내가 더 문제였다. 다행히 큰 부조리나 문제점을 겪지 않아서 그랬겠지만 '이진이는 곧 유치원 졸업할 테고, 원장님이나 선생님한테 말씀드려서 해결될 일도 아니니 괜히 힘 빼지 말자'며 3년을 보냈다. 나 같은 사람들의 비겁함이 모여서 지금도 많은 문제들을 숙성시키고 있다는 걸 생각해보면 참 부끄러운 일이다.

유치원에서 공부나 학습의 문제로 신경 쓸 일은 전혀 없었지만 교우 관계에 대한 건 달랐다. 어린이집 때와는 차원이 달라졌다. 아이들이 커가면서 언행도 달라지기 시작했고. 우리 애 남의 애 할 것 없이 좋지 않은 말을 쓰는 경우, 다소 위험하거나 거친 행동을 하는 경우도 눈에 띄었다. 우리 애가 친구에게 험한 짓을 할까 봐, 친구가 이진이한테 험한 짓을 할까 봐 다 걱정되기 시작했다. 아니나 다를까 여섯 살 때 어느 날 이진이가 말했다.

"○○이가 나를 자꾸 괴롭혀. 하지 마라고 해도 자꾸 그래."

그러려니 넘어가려 했지만 여러 번 같은 이야기를 했다. 하원 길에, 놀이터에서 어울려 놀 때 보면 장난이 좀 심해 보이던 애였다. 아내와 상의해봐도 답이 안 나왔다. '○○이가 너를 좋아해서 그러는 거야'라는 말도 안 되는 소리를 할 수는 없는 노릇이었고 '니가 더 크니까 때려줘'라고 할 수도 없었다. 선생님께 이진이가 ○○이 때문에 조금 힘들어하는 것 같으니 살펴봐주시라 말씀드리긴 했지만,

같이 자식 키우는 처지에 인상 좋은 ○○이 엄마에게 뭐라 하기도 싫었다.

일단 놀이터에서 어울려 놀 때는, 어차피 아내나 나 둘 중의 하나가 애랑 멀리 떨어져 있지 않기도 하니, 우리가 ○○이에게 오히려 먼저 인사하며 지켜보고 있다는 걸 인식시키려고 했다. 그래도 '선'을 넘으면 뭔가 행동을 해야겠다고 결심했는데 다행히 ○○이가 선을 넘지는 않았다. 그러다가 시간이 지나면서 자연스럽게 그런 일은 없어졌다.

"○○이가 예전에는 그랬지만 이젠 안 그래. 같이 재밌게 잘 놀아."

이진이와 같은 학교에 입학한 ○○이는 나를 보면 인사도 잘한다. 유치원 땐 이렇게 넘겼는데 학교 가서는 어떤 일이 생길지.

신경 쓸 일은 참 갖가지였다. 어린이집에 들어갔을 때 시작된 것이지만 유치원에 가면서부터는 차림새 등 외모 문제도 꽤 걱정거리가 됐다. 이진이는 걱정 없었고 내가 문제였다. 처음에는 우리 딸 이쁘게 입히고 머리 묶어주는 것만 신경 썼지 내 차림새에 대해 별생각이 없었다. 하지만 등·하원 함께하는 아빠가 일단 드물고, TV나 다른 매체에서 보고 나를 알은척하는 동네분들이 간혹 있어서 신경 쓰이기 시작했다. 낯이 익어 인사를 하고 지내는 이진이 친구 엄마들이 늘면서 더….

게다가 이진이가 점점 아빠의 나이를 인식하는 듯하면서는 더 그랬다. 평소와 달리 아빠들이 대거 등장하는 운동회 날은 특히 긴장됐다. MZ세대 아빠들 사이에 섞여 있어야 하니까. 운동으로 다져진 내 체력이 걱정되진 않았지만 나이 들어 보이는 건 싫었다. 운동회 D-3에 머리를 자르고 염색도 했다. 바로 전날 염색하면 헤어라인에 염색약 티가 나는 경우가 많기 때문에. 마스크도 폼 나는 것으로 골라 썼다. 힘 쓸 종목에는 먼저 손을 들고 나섰다. 귀걸이와 헤어밴드를 하고 온 다른 아빠 하나가 신경 쓰였지만 나보다 배 나온 아빠들이 많아서 기분이 좋았다. 코로나19 탓에 유치원 3년 중 처음이자 마지막으로 열린 운동회였다.

질문

- 공립 유치원과 사립 유치원의 비용 격차를 줄여야 하지 않을까?
- 아이를 괴롭히는 친구가 생긴다면?

새로 쓰는 부녀지간

부모와 자식 사이는 '아빠와 딸', '아빠와 아들', '엄마와 딸', '엄마와 아들'의 네 가지 조합으로 구성된다.

각 조합의 서사와 제각각의 '케미'가 있지만, 과거에는 '부자지간'이 가장 큰 대표성을 지녔다. 전통적 의미의 가계라는 관점에서 보면 '아들'과 '아들의 아들' 결합이니 정통성의 유일한 통로이자 최강 조합이 된다. '대'를 잇는다는 개념으로 양자를 들이는 것도 오직 '부자지간', '가부장의 연속성'을 구성하기 위한 행위다. 정통성, 가부장 자리의 승계는 권력, 재산의 상속과 직결되기 때문에 '효'와 '제사'는 물론 갈등, 음모 심지어 골육상쟁과 전쟁의 무대가 되기도 했다. 역사 속 수많은 갈등과 전쟁의 상당 부분이 이런 부자지간을 구성하기 위한 투쟁이었다.

같은 이유로 해서 그다음 자리는 '엄마와 아들'. 아들을 출산한, 그중에서도 장자나 상속자를 낳은 여성의 권력은 막강했다. 게다가 제 배 아파 자식 낳은 엄마 그리고 그 모성애의 권위에 대한 인정은 가부장제보다 더 오래됐다. 냉정하게 말해 유전학과 의학이 발달하기 전에는 생물학적 아빠를 정확히 알 방법도 없었다. 눈으로 확인했기 때문에 누구도 부인할 수 없는 출산(모성애)과 정통성의 결합이라는 측면에서 보면, 어떤 면에서는 부자지간보다 '모자지간'이 더 강력했다.

정통성이나 권위의 승계와는 무관하지만, 출산과 모성애로 결합된 '모녀지간'이 그 다음. 여성으로서의 신산한 삶의 연결이라는 점에서 가장 애틋하기도 했고 인류 생존에 필수적인 육아법을 비롯한 수많은 기술과 암묵지들이 모녀지간을 통해 이어졌다.

이것도 저것도 없는 것이 '부녀지간'이다. 유럽에서는 아들이 없거나 단명한 경우에 딸도 왕위와 정통성의 계승자가 되기도 했다. 그런 경우 다음 계승자는 딸과 사위 사이의 자녀. 현재 영국 가계가 그렇다. 이웃 일본은 아예 딸의 남편에게도 성을 물려줘 '대'를 잇는 경우가 흔하다. 그런데 중국과 우리나라는 그런 전통도 없었다. 이렇게 보면 부모와 자식 간 네 가지 조합 중 가계 계승이나 출산 관계 중 그 무엇으로도 연결되지 않은 유일한 관계가 '아빠와 딸', 부녀지간이었다.

그러다 보니 역사적 기록에도 거의 나타나지 않고 특별한 서사의 대상이 되지도 못했다. 가물에 콩 나듯 등장하는 서사에서 딸의 아빠는 거의 부정적인 역할이다. '바보 온달과 평강공주' 이야기에 조연으로 등장하는 평원왕 정도면 괜찮은 편이고, '콩쥐 팥쥐' 아빠는 존재감 없는 악역들이다. '효녀 심청이' 아빠 심학규나 '바리데기 공주' 아빠 오구대왕처럼 딸 등골 빼먹는 아빠들이 다수다. 우리 속담에도 '딸 덕에 부원군'이라는 말이 있다. 이 정도면 애증 관계조차 못 됐던 거다.

하지만 신분제도의 철폐, 상속제도의 변화, 여성 인권의 신장 등 여러 이유로 인해 세상이 바뀌었고 부모와 자식 간 네 가지 조합의 서열도 깨졌다. 여성들이 여전히 사회직 제약으로 인해 힘들어하고 있고, 젠더 갈등은 날로 심해지고 있는 것과 별개로 아빠의 지위가 바뀌고 딸의 지위가 바뀐 건 부인할 수 없는 현실이다. 그러니 아빠와 딸, 부녀지간의 의미와 위상도 크게 달라졌고. 이런 변화를 단적으로 상징하는 말이 '딸 바보(아빠)'다. 나도 '딸 바보'라는 이야기 많이 듣고 있다. 아빠가 저 위에서 내려오고, 딸이 저 아래에서 올라와서 이진이와 내가 만난 거다. 그렇다. 이 시대 다른 딸-아빠처럼 우리의 결합은 역사적이고 사회적이다!

사실 이진이를 키우기 전에는 자식의 성별에 대해 별 생각이 없었다. 아내가 임신했다는 소식에 처음 눈물을 찔끔거리며 기뻐했지만, 아들이니 딸이니 생각할 겨를이 없었다. 몇 달이 지나 의사가 넌지시 성별을 귀띔해줬을 땐 '와, 내가 딸 가진 아빠가 되는구나' 싶어서 좋았지만, 아들 가진 아빠가 됐어도 마찬가지로 덜 기뻐하지 않았을 거다. 내 아이가 여성으로 태어났으니 그 아이는 나의 딸이고 나는 내 딸의 아빠가 된 것이다.

　　딸 키우면서 딸 아빠로 살아보니까 참 좋다. 노파심에서 말하건대, 이건 성별에 대한 차이나 우위에 대한 이야기가 아니다. 그냥 내 딸과 내 이야기다. 내 입장에서는 자식을 잘 키우고 싶다는 말은 내 딸 이진이의 좋은 아빠가 되고 싶다는 것과 같은 말이기도 하다. 젖먹이 때야 딸 가진 아빠로서의 자각이 거의 없었는데 시간이 지날수록 점점 달라지고 있다. 일단 이진이한테 받는 게 너무 많다. 뽀뽀하고, 안아주고 하는 스킨십이 거의 서양 사람 수준이다. 갑자기 귓속말로 '아빠, 너무 사랑해!'라고 말하기도 하고 아빠의 외모, 지성에 대한 칭찬을 아끼지 않아 자존감을 엄청나게 키워준다. 예닐곱 살부터는 '옷 잘 입어라, 술 많이 먹지 마라, 운동 열심히 해라, 친구들하고 사이좋게 지내라'고 관리도 해준다. 가끔 제 마음에 안 드는 일이 생기면 '아빠는 내 마음도 모르면서' 하고 토라져서 입을 꾹 다물어 내 속을 태운다. 이러니 '딸 바보'가 안 되려야 안 될 수가 없다. 아들에 대한 역차별 이야기가 이해될 지경이다.

근데 남들한테 '딸 바보'라는 말을 들으면 기분이 묘하다. '딸을 많이 사랑하는 아빠'라는 의미의 덕담인 걸 잘 안다. 하지만 자기 딸만 최고로 여기고 싸고 도는, 제 딸 앞에서는 어쩔 줄 몰라 하는 무지성 아빠라는 느낌도 든다. 자격지심인가? 혹시 그럴지도 모르겠다는 두려움인가?

그런데 냉정히 따지면, 사랑은 필요조건일 뿐이다. 아이를 과잉보호해서 자립을 방해하는 행동, 자신의 욕망과 열등감을 투사해 아이를 힘들게 하는 행동, '내가 너를 어떻게 키웠는데, 네가 감히 나한테 이럴 수가'라고 집착하는 행동…. 대부분 부모의 사랑이 넘쳐나서 벌어지는 일들이다. 사랑이 부족해서 발생하는 학대나 방임보다 지혜롭지 못한 사랑, 과한 사랑에 의한 문제 발생이 훨씬 더 흔하다.

아이가 어려서 서로 간의 요구와 갈등이 복잡하지 않은 지금도 벌써 내 자신에게서 '과잉보호, 투사, 보상 심리' 같은 게 발견되곤 한다. 가끔 이진이가 잘못된 행동을 하거나 떼를 쓸 때 아내는 짐짓 엄한 표정을 짓고 애를 훈계한다. 나는 아직 어린애인데 굳이 저럴 필요 있냐 싶어 마음이 조마조마하고 이진이가 울음이라도 터뜨리면 막 마음이 아프다. 아내의 훈계가 끝나자마자 안고 달래준다. '엄모자부'에서 나는 '자부'를 담당하고 있다. 이진이가 어린이 직업 체험 테마파크 키자니아에 다녀온 날 기자, ESG 컨설턴트, 유엔난민기구 활동가 부스에서 놀았다는 이야기를 듣고 신이 났다. 딴 데는 줄이 길어서 못 갔고 거기가 인기 없어서 들어간 거라는 아내 설명은 귀에도 안 들어왔다.

"아빠, 아이들은 결혼할 수 없지만 스무 살 돼서 결혼하는 건 불법 아니지?"

이진이가 제 남자 친구 이야기를 하면서 이렇게 물어보면 마음이 쓰라렸다. 내가 바로 '과잉보호, 투사, 보상 심리'의 삼총사인 것이다. 아직은 심각한 수준이 아니라고 생각하지만 문득문득 이런 내 모습에 스스로 놀랄 때가 있다. 앞으로 점점 이런 모습을 보일 계기가 많아질 것이라는 생각을 하면 겁도 난다.

'사랑'이 필요조건일 뿐이라면 필요충분조건은 '진정한 사랑'일 것이다. 그런데 문제는 그 '진정'에 대한 매뉴얼이 있는 것도, 정답이 있는 것도 아니라는 점이다. 도대체 집착이나 투사가 전혀 없는 사랑이 가능한가 싶기도 하다. 주어를 '딸의 아빠'로 좁혀보면 더 그렇다. '아들의 아빠', '아들의 엄마', '딸의 엄마'에 비해서 롤 모델도 훨씬 적다. 책이나 영화도 드물다. 훌륭한 여성의 장한 엄마 이야기는 많은데 아빠 이야기는 거의 없다. 고난을 극복한 위대한 여성의 성장기를 드라마틱하게 만드는 나쁜 아빠 이야기가 흔할 뿐이다. 사실 내 주위를 둘러봐도 딸 잘 키우는 이야기를 해주는 남자 선배들은 거의 없다. 딸 잘 키운 남자 선배들이 없는 건 아닌데 구체적으로 이야기를 해주진 않는다. 자기들이 한 일이 없어서 그러는 걸까, 비밀을 공유하기 싫어서 그러는 걸까? 그 이유가 궁금하다.

사실 더 궁금한 건 '딸을 잘 키우는 것'이 도대체 뭐냐는 것이다. '딸의 좋은 아빠'도 궁금한데, 딸을 잘 키우는 아빠가 좋은 아빠겠지. 그러고 보니 이건 내가 클라이언트들에게 자주 하는 질문이다. '당신이 진짜 원하는 게 뭐냐?'고 물어보면 엄청나게 추상적인 답변을 하거나 머뭇거리는 경우가 많다. 내가 원하는 건 뭘까? 거의 매일 생각하다시피 하지만, 여러 그림들이 오락가락한다. 단순화하면 두 가지디. 먼지 이진이가 큰 어려움 없이 무발하게 어른이 되기를 바란다. 걔가 걸어갈 인생길을 내가 미리 평탄하게 닦아주고 싶다. 눈이나 비가 내릴 경우를 대비한 우산, 햇볕이 따갑게 내리쬘 경우를 대비한 선크림 같은 걸 다 준비해주고 싶다. 앞서 가기 위해 다른 사람을 밀치길 원하진 않지만, 힘 부칠 때 타고 갈 수 있는 자전거 하나는 마련해주고 싶다. 딸의 아빠로서 더욱 그렇다. 물리적 측면에서 볼 때 여성이 직면하는 위험이나 걸림돌이 더 많은 것이 현실이니까.

근데 어차피 인생길은 저 스스로 걸어야 한다. 아기 땐 나와 엄마가 쭉 업고 갔고 지금은 손잡고 가다가 정 힘들면 가끔 업어주는 수준인데, 좀 있으면 우리가 앞장서 가야 할 거고 좀 더 시간이 지나면 이진이가 우리를 점점 앞서갈 거다. 그리고 언젠가는 이진이 인생에서 우리는 사라질 거다. 이진이는 스스로 인생길을 걸어가야 하고 길이 안 보이면 찾고 없으면 만들어가야 한다. 이진이가 한 인간으로서, 여성으로서 당당하고 주체적으로 제 길을 걸어갈 수 있으면 더할 나위가 없겠다. 아빠로서 내 딸이 그 능력을 갖추도록 도와주고 싶다. 하지만 길을 매끈매끈하게 닦아주고, 내가 그럴 능력이 있느냐와 별개로, 아빠 힘닿는 한 최대한 오래 업고 가면 이진이 다리에 힘이 잘 안 붙을 거다. 딜레마다. 아마 이 딜레마는 영원히 풀지 못할 거다. 내 능력이 부족해서 못 풀 수도 있고, 능력이 충분하다고 해도 풀리는 게 아니다.

잘하는 게 뭔지를, 잘하기 위해서 뭘 해야 하는지를 잘 모르겠으면 잘못하지 않는 것부터 시작하면 된다. 그게 좀 더 쉽다. 나도 그러려고 한다. 아직은 내가 이진이한테 잘못하는 게 별로 없는 것 같다. 욱하는 성질을 못 참고 애 앞에서 목소리 높여서 아내와 언쟁하는 것, 악의는 없지만 '아빠는 이번 주 저녁에 친구 만나러 한 번밖에 안 나갔는데, 엄마는 오늘이 두 번째다'라는 식으로 엄마 없을 때 험

담하는 것, 나가 놀거나 어디로 외출하기로 약속해놓고 특별한 이유 없이 그냥 귀찮아서 약속 어기는 것, 이건 딱 한 번이지만 술 먹고 취해 들어와서 잠자리에 들려는 이진이한테 사랑한다고 말하며 괴롭히는 것 정도다. 당장 떠오르는 것만 써봤는데 할 일이 적지 않네.

질문

- 딸-아빠의 결합이 사회적이고 역사적인 이유는?
- '딸 바보'라는 말은 이중적이지 않나?

섹스, 젠더 그리고 페미니티

내가 학교, 학원을 합쳐서 근 20년을 가방 메고 다녔으니 교육에 일가견이 있다. 엄마 아들로 사십 몇 년, 아내의 남편으로 십 몇 년을 살았으니 여성에 대해서는 말할 것도 없다. 그리고 이제 딸의 아빠로 6년 반을 살았다. 엄마한테 미안하지만, 아내 만난 이후에 여성을 알기 위해 더 노력했고, 아내한테 미안하지만, 이진이 아빠 된 이후에 훨씬 더 노력하고 있다. 한 생명체가 여성으로 성장하는 과정을 옆에서 지켜보니 정말 그 경이로움이 느껴진다. 이대로 한 20년만 지나면 진짜 여성 전문가가 될 것만 같다.

'여자로 태어나는가? 여자로 만들어지는가?'라는 논쟁은 오래된 것이다. 나는 '남성 중심 사회에서 여성을 억압하고 차별하면서 타자해 왔던 것이 문제다. 여성, 여성성은 열등한 것이 아니다. 일부 육체적 능력에서는 성별 우열이 나타나지만, 다른 능력에서는 차이가 나타날 뿐이다. 어떤 건 남성이 더 낮고 어떤 건 여성이 더 나은데 그것도 사람, 사람의 개별성에 비하면 미미하다.' 정도로 생각하고 있었다. (내가 사회에서나 가정에서나 그 인식대로 살고 있느냐는 건 중요한 문제지만, 일단 그건 제쳐놓자.)

그런데 이진이가 태어나기 몇 년 전에는 '남녀의 뇌 차이는 존재하지 않는다'는 책도 나왔다. 코델리아 파인이라는 캐나다 출신 영국 인지과학자가 쓴 《젠더, 만들어진 성》에 따르면 감정적이고 문학을 잘 이해하는 여성, 이성적이고 수학에 능한 남성에 대한 연구들이 있지만 다 엉터리라는 거다. 그건 연구자의 시선과 편견이 반영된 결과물로 사회에 만연한 성적 불평등을 정당화하기 위한 것일 뿐이지, 실제로 뇌를 연구해보면 남녀 간에 아무 차이가 없다는 거다. 그런가? 나는 잘 모르겠다. 근데 '남녀는 동등하다'는 명제에는 많은 사람이, 내심은 달라도 당위적으로라도, 동의한다. 근데 '남녀는 차이가 없다'는 명제에 대한 반응은 다르다. 대부분 고개를 가로젓는다. 일단 생물학적으로도 다르니까. 나도 남녀 간에는 '다름'이 있다고 생각한다. 그런데 문제는 '남녀의 차이는 있지'라는 현실론이 '그래서 동등하지도 않아'로 연결되기 쉽다는 것이다.

아내 배 속에 있는 아이가 딸이라는 걸 알고는 이 아이가 태어나면 가능한 한 여성성을 유도하면서 키우지는 않겠노라고 생각했다. 다만 아이가 스스로 여성적 특성을 드러내고 취향을 나타내면 그걸 억압하지도 말자고 생각했다. 이진이가 태어난 후에는, 가만두면 언제부터 이 아이가 여성성을 드러내기 시작할까 궁금하기도 했다.

근데 막상 닥쳐 보니, '젠더 프리' 하게 키운다는 게 쉽지 않은 일이었다. 배냇저고리 선물 들어오는 것 중에서도 남녀 공용이 꽤 있었지만 핑크색, 이쁜 것들이 더 많았다. 이진이에게 입혀놓으니 이뻐서 내 입이 헤벌쭉 벌어졌다. 백일 사진의 복장은 어느 정도 젠더 리스했는데, 돌잔칫날은 샤방샤방한 드레스와 여아용 한복을 입혔다. 너무 이뻐 보여서 신이 났다. 이진이는 그때까지야 옷이나 꾸밈새에 대해서는 자기 취향이 없었으니 다 부모 취향이었지….

돌잔치하고 한두 달 지나서 TV를 보기 시작했는데 처음에는 '뽀로로'에 집중하는듯했다. 그러다가 여자아이가 주인공인 '엉뚱 발랄 콩순이'를 좋아하다가 '핑크퐁' 등을 거쳐 바비 인형 비슷하게 생긴 '시크릿 쥬쥬'로 넘어갔다. 이진이가 '시크릿 쥬쥬'를 좋아하고 인형도 사고 그러는 게 속으로는 약간 못마땅했다. 점점 사회화되면서 여성성을 주입받을 텐데, 그 이전에는 이른바 남성적이라고 분류되는 것들을 접하게 해주는 게 좋지 않을까 싶기도 했다. 그런데 이진이에게 '시크릿 쥬쥬'는 '원 오브 뎀'일 뿐이었다.

이진이는 '시크릿 쥬쥬'뿐 아니라 택배 비행기 호기가 주인 공인 '출동, 슈퍼윙스', 자동차 변신 로봇이 주인공인 '헬로 카봇'도 똑같이 몰입해보면서 그 장난감 사달라고 떼를 썼다. 그때부터는 좀 '안심'이 됐다.

만 세 살이 지나면서 확연히 이쁜 옷을 찾고 라푼젤이 될 거라면서 머리 자르기를 거부했는데, 동시에 로봇과 장난감 자동차를 가지고 놀고 남자아이들하고 어울려 철봉에 매달리고 킥보드를 씽씽 탔다. 집에서 성 역할을 의도적으로 제한하거나 유도할 일도 없었다. 어린이집, 유치원의 교육 역시 마찬가지였다. 사교육은 발레, 피아노 학원으로 시작했지만 그 다음에는 합기도장을 다녔다. 이때쯤 공주 타령을 하기 시작했다.

"공주는 왕의 딸이잖아. 아빠가 왕이 아니니까 이진이는 공주가 될 수 없어."

단호히 말해줬다. 그 이후로 공주 이야기는 잘 안 한다.

그러다가 우리 나이로 일곱 살쯤 되자 뭔가 여러 가지로 달라지는 것이 느껴졌다. 내가 어려서부터 '여자애들은 우리랑 다르구나!' 내지는 '쟤들은 왜 저러는 걸까?' 하면서 갸웃거리던 여자아이들의 어떤 특성들을 이진이도 드러내기 시작했다. 어떤 것들에 대해서는 '아, 이래서 딸이 이쁘구나' 싶었고, 어떤 것들에 대해서는 당혹스러웠다.

이진이가 유치원 같은 반 여자아이들 몇몇과 함께 자

기들은 '절친'이라며 무리 짓기를 하는 모습을 보면서 드디어 '내가 모르는 내 딸의 세계가 시작되는구나' 하는 마음이 들었다. 그 즈음에 레이첼 시먼스의 역작 《소녀들의 심리학》으로 예습을 했다. 한 장, 한 장이 놀랍고 내게는 버거웠다. 이 책에 따르면 여자아이들은 남자아이들보다 훨씬 더 관계 지향적이고, 남자아이들은 직접적인 신체적·언어적 공격 행위를 사용하지만 여자아이들은 몸짓언어나 관계를 이용하여 싸운다고 한다.

"우정은 무기가 되고, 화를 내는 것은 하루 종일 침묵하는 것에 비하면 그 고통이 훨씬 약하다. 등을 돌리는 것보다 더 충격적인 몸짓은 없다. … 관계적 공격은 유치원에서 시작되고, 성별의 차이도 이때 처음 보인다."

관계적 공격으로 인한 고통은 직접적 공격에 비해 훨씬 더 아플 수밖에 없다. 실제로 그랬다.

"○○이가 오늘 나한테 손가락으로 욕했어."

어느 날 유치원에서 하원한 이진이가 씩씩거리며 말했다. 일단은 당혹스러웠다. 아니, 애들이 벌써 손가락 욕도 하나 싶어 귀엽기까지 했다. ○○이는 이진이 '절친' 중 한 명이고, ○○이의 엄마·아빠도 낯이 익은데 걔가 왜 그랬을까 싶었다. 나는 그간 공부하고 예습했던 대로 이진이와 대화를 시작했다. 일단은 공감.

"이진이 마음이 아팠겠네. ○○이가 잘못했네."

운을 떼니 이진이는 마음과 입의 문을 같이 열었다.

"아빠, 손가락 욕은 나쁜 거지? 그러면 안 되는 거지? ○○이가 잘못한 거 맞지?"

"그럼, 나쁜 거지. 근데 ○○이가 왜 그랬을까?"

"○○이랑 △△이랑 나랑 셋이서 노는데, 놀던 장난감을 안 치우고 딴 거 하고 놀았거든. 그러니까 ○○이가 치우자고 했고, 나랑 △△이는 좀 있다가 치우자면서 계속 놀았어. 그러다가 ○○이가 욕을 한 거야. 내가 잘못하긴 했지만 ○○이가 더 잘못한 거잖아."

자세히 설명을 했다. 큰 사실관계야 맞겠지만 이진이 입장에서 구성된 이야기일 것 같았다.

"○○이가 손가락으로 욕해서 이진이는 어떻게 했어?"

"나도 같이 손가락으로 욕했어."

나시 물어보니 이런 대답이 돌아왔다. 심각하다면 심각한 이야기인데 피식하고 웃음이 나왔다. 말인즉슨, '쌍방'인데 '선빵'을 ○○이가 날린 것이고 자기는 맞대응을 했을 뿐이라는 스토리였다.

"○○이가 잘못했는데, 이진이도 손가락 욕을 하면 안 되지."

"알았어. 근데 내가 먼저 잘못한 거 있지만 그렇게 많이 잘못한 건 아니잖아."

이진이는 자기의 정당성을 확인받으려 했다. 고개를

끄덕여주고 저녁을 먹은 한참 후 다시 이야기를 꺼냈다.

"근데 이진아, 장난감 빨리 치우라는 이야기를 하다가 ○○이가 갑자기 손가락으로 욕을 한 거야?"

"아니, 장난감 때문에 말로 싸우다가 내가 손으로 이러면서 '우리는 이제 절친 아냐. 절교야!'라고 말했어. 그러니까 ○○이가 욕한 거야."

숨겨졌던 이야기를 드러냈다. '손으로 이러면서'는 오른손 검지로 왼손 검지를 '탁' 치는 행동이었는데, 절친을 끊는 뜻이라고 했다.

사건의 전말이 풀리는 순간이었다. 책에 나오는 이야기가 그대로 눈앞에 펼쳐지는 것이 신기했고, 내 딸이 책에 나오는 '관계적 공격'의 가해자라는 것에 놀라웠다. ○○이도 놀랐고 마음이 아팠겠다 싶었고, 이진이도 금방 '관계적 공격'을 당하는 피해자가 될 텐데 싶었다. 이진이가 말문을 닫지는 않았기 때문에 조심스럽게 대화를 이어갔다.

"이진아, ○○이가 손가락으로 욕을 한 건 잘못한 거야. 장난감 치우는 문제는 아빠가 생각할 때 큰 문제는 아니야. 근데 이진이가 ○○이한테 먼저 절교하자고 한 건 잘못한 거 같아. ○○이가 마음이 아팠겠지?"

"응."

수긍했다.

"이진이가 내일 먼저 ○○이한테 사과하는 건 어떨까?"

"○○이가 먼저 잘못한 거야."

거부했다.

"이진이가 더 잘못했다는 게 아니라 먼저 사과하는 게 좋겠다는 거야. 먼저 사과한다고 지는 게 아니야."

한 번 더 이야기하니 한발 물러섰다.

"근데 내가 사과해도 ○○이가 안 받아주면 어떡해?"

"만약에 안 받아주면 그건 ○○이가 잘못하는 거지, 이진이가 잘못하는 게 아냐. 사과하는 사람이 좋은 사람이야. 그리고 ○○이가 먼저 사과하면 이진이가 부끄러울 걸."

"알았어."

설득했고 이진이는 대답했다.

그다음 날 물어보니 대답이 돌아왔다.

"이진아, 오늘 ○○이랑 화해했어?"

"응."

"어떻게 했는데? 이진이가 먼저 이야기했어?"

자세한 대답은 하지 않았다. 조금 걱정이 됐지만 더 캐묻지는 않았다. 근데 며칠이 지나서 보니 이진이랑 ○○이는 다시 사이좋게 놀고 있었다. 마음이 놓였고, 공부한 보람을 맛봤다.

《소녀들의 심리학》에는 다른 소녀들에게 상처를 주고 또 상처를 입은 레이첼 시먼스 본인의 어린 시절 이야기도 자세히 나온다. 그러니까 이런 책을 쓸 수 있었겠지. 시먼스는 여자아이들이 갈등을 자연스럽고 편하게 받아들이게 해야 한다고 했다. 또 분노를 표출하는 건 인간의 보편적 욕구인데 여자아이들의 경우 그 욕구를 억압하는 쪽으로 사회화가 되다 보니 관계적 공격이 나타나는 것이라고 설명했다. 그러면서 부모는 늘 아이의 말을 경청하고, 문제가 발생했을 때 아이를 비난하지 말라고 조언했다. 다 맞는 말인데, 솔직히 말해 '착하게 살아라' 수준의 이야기 아닌가? 나도 이미 그러고 있다. 근데 앞으로 이진이가 또래 여자 친구들과의 관계 속에서 상처를 입고 상처를 주면서 성장할 텐데, 아빠가 할 수 있는 일은 점점 줄어들겠다는 생각이 들었다. 답답한 일이다.

동성 친구들과의 관계 말고도 이진이는 다양한 방향으로 여성으로 성장해갔다. 늘 그런 건 아닌데 여자 친구들 대하는 것과 남자 친구들 대하는 것이 미묘하게 달라지기도 했다. 혼자서 남자 친구를 좋아하다가 말다가 했다. 그러다가 여덟 살이 되면서 서로 좋아하는 남자 친구도 생겼다. 알콩달콩 서로 좋아하는 모습이 귀엽지만 때로는 샘이 난다. 남친이 생기니까 아빠한테 부리는 애교가 늘어난 것도 희한한 일이다.

흥미로운 점은 아빠에 대한 이진이의 애정이 '일렉트라 콤플렉스Electra complex'로는 전혀 연결되지 않고 있다는 것.

"나는 커서 얼굴이 잘생기고, 키가 크고, 술을 많이 안 먹는 사람이랑 결혼할 거야!"

이진이는 명확히 그것도 반복해서 말하고 있다. 이 이야기를 처음 듣고 아내는 깔깔거렸다.

"아이고, 우리 딸 역시 똑똑하네. 아빠랑 정반대 남자랑 결혼한다고 하네."

"그래도 나는 아빠 사랑해. 아빠는 자상하고 요리도 잘하잖아."

이진이는 '해명'을 했다. 이진이가 아빠의 사랑을 워낙에 충분하게 받아서 결핍과 집착에서 자유롭고, 그래서 아무런 내적 억압 없이 자신의 이상형을 자유롭게 만들어가는 중이라고 내 마음대로 해석하고 있다.

질문

- '여심'을 알기 위해 아빠는 무엇을 해야 하나?
- 아이가 친구와 다퉜을 때 누구 편을 들어야 할까?

유전, 상속, 세습

유전, 세습, 상속…. 어느 정도 교집합이 있지만 그 의미와 느낌이 다른 단어들이다. 부정할 수 없는 '실체'이고 많은 사회문제의 원인이다. 정의나 평등, 공정 등의 가치와 결합할 경우 더 복잡해진다. 그리고 세상 모든 부모를 시험대에 올려놓는 단어들이다. 내가 그렇다.

이진이를 부족함이 없이 키우고 싶다. 자기 주관이 갖춰지기 전에도 견문을 넓혀주고 싶고, 주관이 갖춰진 후에는 하고 싶은 공부와 하고 싶은 일을 다 할 수 있도록 뒷받침해주고 싶다. 내가 부양하고 있을 때는 물론, 내가 이 세상을 떠난 후에도 힘들지 않게 편안하게 살만한 환경을 만들어주고 싶다. 좋은 품성을 갖춰서 저보다 힘든 사람은 돕고 저보다 강한 사람 앞에서는 당당할 수 있도록 키우고 싶다. 내면이 강해서 우정, 애정 등 모든 인간관계에서 고통 받지 않게 키우고 싶다. 건강하고, 똑똑하고, 키도 크고 이뻤으면 좋겠다. 인문학, 과학, 예술에 두루 소양을 갖춘 르네상스적 인간으로 키우고 싶다. 재능이 있는 만큼 겸손하고 성실한 사람으로 키우고 싶다. '~라면 좋겠다'의 리스트에 끝이 있을 수 있겠나? 그냥 말해본 거다. 어쨌든 이러니까 사람들은 자식 때문에 열심히 살고, 자식 때문에 사고도 친다. 어디까지가 자식에 대한 사랑이고 어디까지가 자신의 욕망인지 구별할 수 없다. 사랑과 욕망의 교집합은 크다.

근데 가만히 따져보면 부모 입장에서 할 수 있는 것, 할 수 없는 것이 좀 구분된다.

일단, 유전은 내 능력이나 의지 밖의 일이다. 내가 물려받아 가진 유선자노 내가 고르거나 쟁취한 게 아니고, 그중 좋은 것만 골라서 이진이에게 물려줄 능력도 없다. 아내도 마찬가지다. 우리 둘의 유전자가 결합해서 그중 일부가 이진이에게 전달되는 과정도 마찬가지다. 나나 아내한테는 발현되지 않은 선대의 좋거나 나쁜 유전 형질이 이진이한테 갑자기 나타날 수도 있다. 게다가 이진이를 수태한 순간 유전자 전달은 끝났다. 그 이후로 A/S는 불가능하다. 뭘 빼줄 수도, 고쳐줄 수도, 채워줄 수도 없다.

세습, 이건 약간 다른가 싶지만 결국은 비슷하다. 대대로 물려받은 윤씨라는 성, 족보를 이진이에게 물려줬을 뿐이다. 자긍심 같은 게 전혀 없는 건 아닌데, 족보 가지고 뭘할 수 있는 것도 아니고 남들이 부러워하는 것도 아니다. 이진이가 나중에 자식을 낳을지 여부도 모르지만, 현재 한국 사회 관행으로서는 아빠한테 물려받은 윤씨 성을 제 자식한테 물려줄 가능성은 희박하다.

상속은, 완전히 다른 문제다. 별 근거나 정확한 계획은 없지만, 우리 부부가 열심히 살면 이진이가 자라고 공부하는 정도는 뒷바라지해줄 수 있지 않을까 희망하고 있다. 그런데 아무래도 내 사후에 이진이가 상속세로 크게 걱정할 일이 생기진 않을 것 같다. 나도 그랬다. 부모님 덕에 감사하게도 어른이 될 때까지 학비나 책값, 생활비 걱정은 별로안 해봤다. 결혼할 때도 도움을 꽤 받았다. 근데 상속세 걱정은 안 하고 있다. 자식 낳아서 키워보니까 내가 부모님께받은 만큼 자식에게 해준다는 게 참 어렵다는 생각이 든다.

근데 지금 따져본 유전, 세습, 상속은 좁은 의미의 것이다. 넓은 의미에서 보면 부모가 자식에게 물려줄 수 있는 게 많다. 생활 습관, 가치관, 취향 등이 가정교육(이게 적절한 표현인지 모르겠는데, 딱히 대체할 표현이 생각나지 않는다.)과 가정생활을 통해 전달된다. 좋은 것도, 나쁜 것도 모두다. 유전과 세습, 상속을 넘나드는 것들이다. 광범위한 동시에 부모의 의지나 노력으로 좌우할 여지가 크기도 하다.

탁월한 아이들은 부모의 나쁜 점을 반면교사로 삼기도 하지만 부모가 돼서 그걸 바라는 건 과한 욕심이지. 애 키우는 데서 뭐가 안 그렇겠냐만, 이 부분은 그래도 딴것들에 비해서 콩 심은 데 콩 나고 팥 심은 데 팥 나는 느낌이다. 그래서 흥미롭고 보람 있는데, 그만큼 자책감도 크다.

먼저 생활 습관의 면에서 보자. 책은 물론이고 TV나 스마트폰으로 유아교육 관련 내용을 보면 빠지지 않고 나오는 것이 '아이한테 TV나 스마트폰을 보여주는 것, 가급적 늦게 시작해라. 보여주더라도 시간을 정해놓고 지켜라. 특히 부모가 애 앞에서 하루 종일 스마트폰을 들고 있으면 안 된다.'는 말이다. 우리 부부도 이진이를 낳고 그러려고 했다. 근데 이진이는 생후 13, 14개월부터 TV를 보기 시작했다. 이진이가 그때 리모컨을 들고 스스로 TV를 켜진 않았을 건네, 채널을 돌려 자기가 보고 싶은 걸 고르지도 않았을 건데 처음에 누가 켜줬는지는 기억이 나지 않는다. 그래도 정확히 지키진 않지만, 하루에 볼 분량을 정해놓고, 또 TV 켤 땐 형식적으로나마 꼬박꼬박 엄마·아빠에게 허락을 맡는 걸 보면 장하다. 이진이가 '아, 오늘 유투브 많이 봤다'라며 TV를 끄는데, 내가 다른 일 때문에 바쁘거나 귀찮아서 '아빠가 오늘은 특별히 하나 더 보여줄게'라고 말할 땐 좀 자괴감이 든다. 휴대폰은 최대한 늦게 마련해주자고 생각하고 있는데, 그것도 어찌 될지 모르겠다.

학교 보내고 나니 애 휴대폰이 필요한 것 같기도 하고.

음식에 대한 건 신경이 많이 쓰이는데 또 재밌다. 애나 어른이나 건강을 위해 편식을 하지 않고 영양가 많고 균형 잡힌 식단을 섭취해야 하는 건 마찬가지다. 그리고 음식에 대해서는 내 생각이 확고한데, 어려서부터 여러 음식을 먹어보고 새로운 음식에 거부감을 느끼지 않는 건 인생을 즐기며 사는 데 큰 재산이 된다고 생각한다. 그래서 이진이 먹는 것에 여러모로 신경을 많이 썼는데, 현재까진 매우 만족하고 있다. 집에서건 밖에서건 의식적으로 메뉴를 다양화했는데 잘 따라왔다. 내가 이진이 나이 땐 입에 대기 싫어하던 파, 양파 같은 것도 잘 먹고…. 결정적으로 나는 좋아하는데 아내가 싫어해서 같이 안 먹어주는 음식들을 이진이가 잘 먹는다. 아주 좋아한다.

"아빠, 아빠. 내가 좋아하는 음식은 아빠 닮았어. 우린 너무 잘 맞아!"

종종 우리 둘이서 식당에 가서 돼지국밥이나 족발을 먹을 때 이진이가 말해주는데 너무 행복하다. 생선, 생선회도 잘 먹으면 좋겠다고 생각했었는데 이미 서너 살 때부터 생선은 잘 먹었고 여덟 살이 되면서 붉은 살 생선회부터 즐기고 있다. 외국에 나가서도 그 나라 음식을 늘 잘 먹고 일식, 중식, 양식, 인도·동남아·멕시칸·인도 요리할 것 없이 뭐든 가리지 않는다. 앞으로도 힘닿는 데까지 밀어줄 생각이다. 그리고 한참 뒤의 이야기지만 애가 커서 술은 어떻게 할지 궁금하다. 너무 가깝지도 너무 멀지도 않은 좋은 관계를 맺고 살았으면 좋겠는데, 지금은 아빠 때문에 좀 경계심을 가진 것 같다. 앞으로는 좋은 본을 보여야겠다고 다짐하고 있다.

체계적 독서 교육 이전에, 뭐가 뭔지 알기 전부터 책에 익숙해지게 해주고 싶었는데 그건 현재까지 성공이다. 환경에 상관없이 커가면서 스스로 책을 벗 삼는 훌륭한 사람도 있지만 그러긴 점점 어려운 세상이 되고 있다. 어려서부터 책에 익숙했던 사람이 책을 좋아하게 되고 남독, 다독의 과정을 거쳐 자신의 주관을 지닌 독서가가 되기는 그래도 좀 더 쉬울 것이다. 아내와 내가 책과 글에 익숙한 사람이고 우리가 장서가라고 할 수준은 아니지만 우리 집이 방미디 책이 굴러다닐 정노는 된다. 그래서 이진이도 태어나면서부터 책에 익숙했다. 책이 장난감이었다. 지금은 거의 매일 동네 도서관에 드나들고 아침에 눈뜨자마자 책을 펴든다. 아쉽게도 학습 만화 매니아다. 언젠가 금방 들고 있는 책이 달라지겠지 싶어서 걱정하진 않는다. 종이로 된 어린이 신문도 하나 구독해보면 어떨까 생각 중이다.

조금 논쟁적인 건데, 이진이는 롯데자이언츠 팬이다. 야구의 룰을 완전히 깨치진 못했지만, 대강은 안다. 작년에 처음으로 잠실야구장에 가서 게임을 즐겼고, 올해도 가

자고 그러고 있다. 다 이 아빠 영향이다. 내가 야구 시즌 중에 일찍 귀가하면 대체로 야구를 보니까. 아이에게 자극적이거나 유해한 건 아니다 싶어서 이진이가 옆에 있어도 TV를 켜놓곤 했다. 그렇게 몇 년을 지내다 보니 얘가 언젠가부터 옆에서 같이 롯데를 응원하고 있는 게 아닌가?

그런 생각을 해봤다. 내가 만약에 롯데자이언츠 야구 대신 클래식 음악이나 골프 중계를 습관처럼 켜놓고 있으면 이진이는 어땠을까? 클래식 음악에 정통하거나 골프에 흥미를 느끼게 됐을까? 만약 내가 이길 때보다 질 때가 더 많은 롯데자이언츠가 아니라 성적 좋은 다른 팀의 팬이었다면 어땠을까? 원래 야구에 별 관심이 없다가 나를 만나고부터 야구장에도 가고, 가끔 내가 켜놓은 TV 야구 중계도 보곤 하는 아내는 내게 '이제 롯데에서 벗어나라'고 말한다. 이진이에게도 '키움에 이정후 오빠 멋있다'고 유혹한다.

근데 롯데 팬으로 얻을 수 있는 것도 많다. 나쁜 결과나 성적에 덤덤해지는 것, 오늘은 져도 내일의 희망을 갖는 것, 잘난 이웃과 자신을 비교하거나 질투하지 않는 것, 패배의 고통 속에서도 작은 행복을 찾아보는 것, 한 게임한 게임이 힘들고 성적이 나빠도 한 시즌을 다 버텨내야 하는 것 등. 인생의 페이소스를 일찍부터 느끼고 자기만의 서사를 만들어가는 것이 나쁘지만은 않다고 생각한다.

"아빠, 점수 두 개 중에서 7 말고 0이 롯데야?"

"롯데가 또 져?"

"내일은 잘할 거야."

"아빠랑 같이 나도 롯데 팬이야."

이진이는 글 익히기 전부터 아빠 옆에 앉아서 야구 보다가 그렇게 쫑알거렸다. 지금은 은퇴한 이대호가 역전 홈런을 치면 아빠와 얼싸안고 춤을 추고.

짠하긴 하지만 미안하진 않다. 다만, 음식이나 책과 롯데는 다르다. 음식과 책은 내가 계속 죽 이끌어주고 싶다. 이진이가 잘 따라오다가 또 자기 스스로 즐기면서 그 길을 걸어가면 좋겠다. 근데 이진이가 롯데에서 벗어난다고 해서, 약간은 섭섭할지 모르겠지만, 전혀 문제될 건 없다. 그래도 이진이가 뭐든 스포츠 종목을 좋아하고 그중 한 팀의 팬으로 살았으면 좋겠다. 다시 말하지만, 야구를 계속 좋아하고 롯데 팬으로 남으라는 이야기는 아니다.

질문

- 유전, 세습, 상속의 차이점은?
- 롯데자이언츠에게서 아이가 얻을 수 있는 것이 있을까?

내셔널리즘을 넘어 세계시민으로

다른 나라들이라고 안 그렇겠냐만 우리나라는 세대 간 단층이 뚜렷하다. 일제식민지에서 태어난 사람들, 후진국에서 태어난 사람들, 개발도상국에서 태어난 사람들, 선진국에서 태어난 사람들이 뒤섞여서 살고 있다. 그 복잡함이 한국 사회를 여기까지 키워온 동력이기도 하지만 서로 간의 경험과 인식이 많이 달라서 갈등이 큰 것이 사실이다.

어른들 답답하게 여기며 자랐던 나도 이제 무럭무럭 크는 이진이를 보면서 걱정이 많다. 식민지와 분단의 상흔이 깊은 제3세계 개발도상국에서 태어나 자란 내가 세계 10위권(?) 선진국에서 태어나서 자라고 있는 이 아이를 이해할 수 있을까, 이 아이는 나를 이해할 수 있을까 싶어서다.

사실 나는 이진이가 갓난아기 때부터 '이 아이는 좋은

세계시민으로 자랐으면 좋겠다. 내가 많이 도와줘야지.'라고 생각했다. 지금도 마찬가지다. 이진이가 자기와 가족을 사랑하고 이웃과 공동체를 아끼고, 배타적이지 않은 애국심의 소유자가 되어서 세계시민으로서의 정체성과 연대의식을 갖는 사람으로 커가기를 바란다. 이진이가 자신보다 공의를 앞세우고 인류와 세계에 대한 사랑을 실천하는 위대한 인간이 되기를 원한다기보다…. 이진이가 자라서 그런 생각과 지향을 갖게 되는 것이 좀 더 행복하고 풍요로운 인생을 사는 데 보탬이 된다고 믿기 때문이다. 이런 생각을 갖고 (생각을 갖고 있다는 것과 실천을 잘하고 있다는 것은 다른 이야기다.) 이진이를 키우다 보니 힘들기도 하고 재밌기도 하다. 당혹스러울 때도 많은데, 이게 또 내 인생에도 도움이 꽤 되는 것 같다.

일단 이진이를 키우면서 접한 국내외 최근 창작 동화나 유아용 콘텐츠들 그리고 유치원 교육에는 '정치적 올바름'의 요소가 상당히 많았다. 젠더나 환경 이슈 등에 대한 것들의 비중이 높은데, 이건 정말 사람마다 다를 수밖에 없지만, 내게는 '너무 급진적'이라는 느낌을 받을 정도는 아니었다. 다만 젠더와 관련해서는 '얘가 벌써 이런 걸 이해할 수 있을까?'라는 느낌은 심심찮게 받았다. 요즘 아이들이 대체로 그렇지만, 이진이가 가정이나 유치원에서 성차별적 교육을 받거나 성 역할을 주입받지도 않는데 오히려 현실과 동떨어진 옛날식 걱정이 많은 거 아닌가 싶을 때도 있었다.

반면 '여전하구나' 싶은 것도 있었다. 내 생각에 이진이 같은 요즘 아이들도 꽤 강한 민족주의적 분위기에 노출되어 있는 것 같다. 특히 '민족주의=애국=반일' 프레임의 힘을 보곤 종종 놀랐다. 상당히 논쟁적이고 민감한 이런 사안들은 애들의 삶하고도 직접 연결된다.

나는 이진이가 갓난아기 때부터 세상만사에 대한 나름의 Q&A를 갖고 있었다. '나는 멋진 아빠니까, 애가 이러이러한 어려운 질문을 하더라도 이러저러하게 멋있는 대답을 해줘야지' 하는 마음으로. 그중 하나가 이런 거다. 이진이가 자기 이름이 윤이진이라는 걸 인식하고 성씨와 가문에 대한 개념을 익힌 후 '아빠는 윤씨이고 엄마는 이씨인데, 나는 왜 윤씨야?'라는 질문을 할 경우에 대한 대비를 하고 있었다. 하지만 내 딸은 아빠의 허를 찔렀다.

"아빠, 그럼 부산 할아버지 위에 왕할아버지 위에 그 위에 위에 위에 파평 윤씨 제일 위에 할아버지는 누구야?"

"응. 그 할아버지를 파평 윤씨 시조라고 하는데, 우리 시조 할아버지 이름은 '신달'이야. 아주 옛날 고려 시대 때 신달 할아버지가 '이제 우리 가족은 파평 윤씨다' 한 이후에 그 자손들이 파평 윤씨가 된 거야."

대답해주면서 역시 나는 준비된 아빠라고 흐뭇해하고

있는데, 이진이는 송곳 같은 추가 질문을 날렸다.

"그럼, 신달 할아버지 부인 파평 윤씨 첫 할머니는 누구야? 그다음 할머니는?"

말문이 막혔다. 모르기도 하거니와, 관심을 가져본 적도 없으니까. 내가 대답을 못하자 이진이는 다시 팩폭을 날렸다.

"할아버지가 있으면 할머니도 있을 거 아냐? 그러니까 자손이 생기지."

"그러게. 왕왕왕할머니도 계셨을 건데, 옛날 조상들이 기록을 안 해둬서 알 수가 없어."

차별 대우도 없이 성 역할을 강권하는 교육도 받지 않고 크고 있는 내 딸 입장에서는 아빠가 있으면 엄마가 있고 할아버지가 있으면 할머니가 있는 것이 당연한 거다 싶었다. 그리고 이진이가 운 좋게도 양가 할아버지와 할머니의 사랑을 다 받고 자라고 있지만 할머니의 존재감이 할아버지의 그것보다 더 클 것이다. 할아버지들은 주로 말로 사랑해주고 할머니들은 씻겨주고 재워주고 다 했으니까. 나도 할아버지보다 할머니 존재감을 더 크게 느꼈으니까.

"응. 그렇구나."

이진이는 나의 겸연쩍은 대답에 쿨하게 넘어가줬다.

우리 가족사는 내셔널리즘과도 연결된다. 이진이가 왕할아버지라고 부르는 증조할아버지, 즉 돌아가신 내 할아버지는 일제강점기에 항일독립운동에 나섰던 애국지사다. 지금은 대전 국립현충원에 잠들어 계신다. 왕할아버지는 우리나라 독립을 위해 싸우신 분 정도로만 가르쳐줬었는데 이진이가 언젠가부터 엄청나게 자랑스럽게 여겼다. 친구들한테 자랑도 하고 3·1절이나 광복절이 되면 빨리 태극기를 달아야 한다고 성화도 부렸다.

그러던 어느 날 어디서 무슨 소리를 듣고 왔는지 갑자기 질문을 해댔다.

"아빠, 일본은 나쁜 나라야. 근데 일본 사람 중에도 착한 사람은 있어."

"왜?"

"유치원에 내 친구 ○○이 있잖아. ○○이 엄마가 일본 사람인데 착해."

○○이는 이진이의 절친 중 하나로, 오다가다 자주 마주치고 인사성이 밝은 그 엄마가 일본 출신인 걸 나도 알고 있었다. 이진이에게 대답해줬다.

"우리나라 사람도 그렇고 일본 사람도 그렇고 다 마찬가지인데, 어디든 좋은 사람도 있고 나쁜 사람도 있는 거야. 아빠도 일본 친구 많아."

그러고 보니 보통 아이들이 네다섯 살 되면서 따라 부르다가 어느 순간부터 줄줄 외워서 어른들이 기특해하는 노래 〈한국을 빛낸 100인의 위인들〉에도 일본과 관련

된 사람들이 너무 많다 싶었다. 거기 장군의 아들 김두한은 도대체 왜 들어가 있나? 다른 것들도 눈에 띄었다. 이진이가 다니는 유치원은 아닌데, 이종사촌이 다니는 다른 유치원에서는 무려 '애국 조회'를 한다고 했다. 이게 맞나 싶었다. 광복절을 앞두고 이진이가 유치원에서 배웠다면서 〈광복절 노래〉를 불러준다고 했다. '흙 다시 만져보자 / 바닷물도 춤을 춘다'로 시작하는 〈광복절 노래〉를 애들한테 가르치는 건 너무 '오바' 아닌가 싶었는데, 들어보니 그 노래가 그 노래가 아니었다.

"까만 어둠 속의 별빛을 보며 / 꿈을 꾸었죠 자유를 꿈꾸었죠 / 힘든 시련이 있어도 이겨낼 수 있었죠 / 자유의 종소리 울린 날 대한민국 만세 / 광복! 8월 15일 노래 불러요 / 하늘 높이 태극기 걸어 기억해요"

'이린이 광복절 노래'라고 했다. 음정도 좋았고 가사가 무척 마음에 들었다.

"아빠, 나가자. 내가 별 보면서 다시 불러줄게."

이진이 손을 잡고 집 앞으로 나갔다. 여름밤 까만 어둠 속의 별빛을 보며 이진이가 부르는 노래를 다시 들으니 눈물이 핑 돌았다. 얼굴도 본 적 없는 할아버지 생각도 나고, 이런 이쁜 노래를 불러주는 내 딸이 너무 이쁘고, 이런 좋은 노래를 만든 사람과 이런 좋은 노래를 가르쳐주는 유치원이 고마웠다.

지난 2022 카타르 월드컵 때였다. 1차전에는 별 관심이 없던 이진이가 가나와의 2차전을 앞두고는 축구 봐야 한다고 부산을 떨었다. 안 자고 버티더니 경기 시작할 때 태극기와 함께 애국가 연주가 흘러나오자 내복 차림으로 벌떡 일어나 왼쪽 가슴에 손을 얹고 부동자세를 취했다. 귀여우면서도 묘한 생각이 들었다.

내가 어렸을 때만 해도 인종 갈등이나 민족주의의 폐해는 저기 다른 나라 이야기였다. 우리의 민족주의, 우리나라 사랑은 애국심과 직결되는 것으로 양보할 수 없는 가치였다. 다른 나라는 말 그대로 다른 나라였다. 근데 지금은 다르다. 당장 이진이 친구 중에서 엄마가 외국 출신인 아이가 몇이 있고 내 할아버지 자손들, 그러니까 가까운 가족 친지 중에도 외국 국적을 취득한 이가 몇이 있고 혼인으로 맺어진 다른 나라 출신 가족들도 있다.

이진이의 시야와 생각의 지평도 나 어릴 적하고는 비교도 안 되게 넓다. 아빠가 TV 뉴스를 켜놓고 있으면 이진이가 흥미를 보이는 소식들은 주로 환경, 국제 뉴스들이다. 다음 날 나가 놀 생각에 비 소식, 미세먼지 소식에 관심이 많나 보다 했는데 환경오염, 기후변화 등에도 일찍부터 민감하게 반응했다. 유치원에서도 환경과 관련해서 배우고 실천하는 것이 상당히 많았다. '지구의 날'에는 온 집의 불을 다 끄고 우리 집 건너편 불 켜져 있는 집들을 마구 비난하기도 했다. 환경에 대한 관심은 이해가 되는 면도 있었는데 이진이는 특이하게도 미얀마 군부의 자국민 탄압, 우크라이나 전쟁 등에 대해서도 관심을 많이 보였다.

"아빠, 일본 사람은 좋은 사람도 있고 나쁜 사람도 있는데, 미얀마 군인은 다 나쁘지? 우크라이나 쳐들어간 러시아 사람들은 나쁜 사람들이야?"

이진이가 동의를 구해올 땐 고개를 끄덕여주긴 했지만 '신기하네' 싶었다.

"미얀먀 군인들은 왜 사람들을 괴롭히는 거야? 러시아 사람들은 왜 우크라이나에 쳐들어간 거야?"

심화한 질문이 나오면 갑갑해졌다. 추측하건데, 이진이 입장에서는 자기가 살고 있는 시공간은 평화롭고 안온하기 때문에 TV 속에서 나타난 전쟁과 갈등에 큰 충격을 받은 것 같다. 고통을 빋는 사람들에게 측은지심도 느끼고. 그리고 우리 세대야 일본, 중국 같은 주변국과 미얀마나 우크라이나 사이에 심리적 거리감이 큰데, 요즘 애들은 그렇지도 않은 것 같고. 이렇게 보면 정말 '선진국에서 태어나 자라고 있는 애'들의 관심사와 지평은 '라떼'와는 다른 것이다.

좋은 일이다 싶으면서도 내 심사는 조금 복잡하다. 근 30년 전 배낭여행을 갔을 때 만난 유럽, 미국 젊은 친구들의 모습이 떠올라서다. 밝고 구김 없는 표정으로 지구 전체를 자기들의 무대로 여기는 모습이 부러웠지만, 내 열등감 때문인지 그들에게서는 미묘한 우월감과 인종주의도 묻어났었거든. 게다가 지금은 이진이가 미얀마, 우크라이나를 보면서 '멀리 있는 불쌍한 사람들'이라고 여기지만 이제 커가면서 직접 부닥칠 우리 사회의 수많은 모순과 갈등에 대해서는 어떻게 반응할지…. 아빠로서 뭐라 말해줘야 할지 생각하면 꽤 많이 갑갑해진다.

> **질문**
>
> - 아빠는 시조 할머니 생각해본 적이 있을까?
> - 선진국에서 태어난 아이들의 애국심은 무엇일까?

5 행복의 선순환 전략

Covid-19 키즈

이진이가 태어난 2016년부터 초등학생이 된 2023년까지 이 세상에서 벌어진 수많은 일 중 인류사적으로 가장 큰 사건을 꼽아보라면 바로 답이 나온다. 바로 코로나19, 팬데믹. 내가 대어나시 초등학생이 될 때까시도 나라 안밖에 많은 일들이 있었다. 2차 오일쇼크, 12·12 군사 반란, 중국 문화대혁명의 종말, 천연두의 박멸 등. 근데 나는 그런 일들이 벌어지고 있는지도 모르고 잘 컸다. 그때 어른들은 오일쇼크 때문에 고생하셨을 거고 12·12 군사 반란에 놀라고 분개했겠지만, 아이들 세상은 그 영향이 없다. 하지만 이진이와 또래 아이들은 코로나19의 엄청난 영향 속에서, 또 그 영향을 명확히 자각하면서 자랐다. 지금까지 이진이 인생에 가장 압도적인 영향을 끼친 사회적 사건은 분명히 코로나19다.

어린애가 한여름에 땀을 뻘뻘 흘리면서도 마스크로 얼굴을 싸매고 다니고, 어디 가면 자기가 알아서 손 소독제를 바르고, 밖에 나갔다 오면 어른이 시키지 않아도 꼼꼼히 손을 씻는 모습을 보면서 애처롭기도 하고 화가 나기도 했다. 낫 놓고 기역자나 알까 싶은 다섯 살짜리 애가 '아빠, 나 글씨 읽을 줄 안다. 코, 로, 나. 저거 코로나라는 글자야.'라며 글을 깨치는 모습에는 기가 찼다. 그래도 다른 사람들처럼 우리 가족도, 이진이도 지금까지 잘 견디고 잘 버텼다. 지나고 나서니까 그런지 모르겠는데, 가끔은 '뭐 그리 힘들었었나? 견딜만했지.' 싶기도 하다. 전 세계 모두가 다 같이 겪은 고통이니까 견딜만하다 느끼고 있는 거겠지.

지난 몇 년간, 온 인류가 그랬겠지만, 우리 가족도 코로나19와 함께 부대끼며 살았다. 중국에서 코로나19 환자가 처음 발견된 2019년 12월 중순부터. 그때 마침 아내와 나는 이진이를 떼놓고 둘이 여행을 다녀왔더랬다. 그전에도 부부가 교대로 각자 자기 친구들과 지방이나 외국에 짧게 다녀온 적은 있었다. 나는 혼자서도 아이를 잘 돌보는 멋진 아빠니까! 실은 장모님께 이진이를 맡겨놓고 둘이 놀러 다녀온 적도 몇 차례 있었다. 근데 그때는 결혼 10주년이기도 하고, 이진이 유치원 입학을 앞두고 있어서 이때를 놓치면 한참 동안 둘이 놀러 가기 어렵겠다 싶어서 좀 멀리 다녀왔다. 지금 생각해도 멋진 여행이었다. 그런데 다녀오니 흉흉한 뉴스들이 기다리고 있었다.

2020년 3월 11일, WHO가 팬데믹을 선언했다. 중동 여행객들이나 기저질환 보유자, 병원 종사자들에게 국한되던 이전 감염병들과는 달랐다. 우리 같은 일반인들은 물론 보건 전문가, 정책 당국자들도 한 치 앞을 못 내다보기는 매한가지였다. 마스크 쓰라고 했다가 마스크 대란이 터지니 꼭 필요한 건 아니라고 했다가 다시 마스크 안 쓰면 처벌한다고 했다가. 특정 지역이나 특정 집단을 '원흉'으로 지목하기도 했지만 누구의 탓으로 돌릴 수 없는 혼란의 시간이었다.

이진이는 집 앞 공립 유치원으로 배정됐지만, 등원은 한참 미뤄졌다. 날 좋은 봄에 놀이터에 나가서 아빠의 감시하에 다른 아이들과 뚝뚝 떨어져 노는 둥 마는 둥 하다가 담장 밖에서 유치원을 훔쳐보면서 '빨리 가고 싶다'고 중얼거린 기간이 짧지 않았다.

우여곡절 끝에 각급 학교의 학사시스템이 재개됐지만 등원 이후에도 혼란은 지속됐다. 이젠 오래된 일 같지만 코로나19 초기에는 확진자가 발생하면 그 동선이 샅샅이 공개되고, 동선에 있는 시설들은 셧다운되지 않았나? 유치원도 마찬가지였다. '오늘은 유치원에 오지 마라, 오늘은 빨리 데려가라'라는 긴급 통보가 일상이었다. 그래도 이진이와 우리 가족은 긴장감과 공포감이 고조되던 그 시기를 잘 버텼다.

사람들의 업무가 비대면-재택 위주로 바뀌는 등 많은 변화가 나타났지만 애초에 유연한 노동환경 속에서 일하고 있었던 우리 부부는 크게 바뀐 것도 없었다. 유치원 입학과 더불어 팬데믹을 맞이한 이진이도 '원래 이런 건가 보다'는 식이었다. 손 씻기, 마스크 쓰기, 발열 체크 등을 자연스럽게 받아들였다. 뉴스에는 온통 코로나19 이야기이지, 유치원에서는 보건위생 교육을 워낙에 철저히 하지, 어디 가는 데마다 코로나19 안내문이 붙어 있지… 이진이뿐 아니라 다른 친구들도 어른들의 이야기를 잘 따랐고 그러다 보니 계절마다 찾아오던 감기, 눈병, 수족구 같은 다른 전염성 질환은 오히려 멀어졌다.

그나마 우리는 유치원생 부모였지만 이진이보다 몇 살 많은, 학교 다니는 아이를 둔 주변 사람들은 힘들어하는 모습이 역력했다. 인터넷을 활용한 비대면 수업이 급조됐지만 제대로 운영될 리가 없었다. 재택근무가 가능해서 아이들을 끼고 있을 수 있는 부모는 그나마 다행이었지만 그렇지 못한 부모들의 마음고생, 몸 고생이 역력했다. 그 사람들 앞에서 입 밖으로는 못 꺼냈지만 '그래도 아직은 남의 일이라 다행이다' 싶다가 '도대체 언제까지 세상이 이런 꼴일지 모르는데, 우리도 뭔가를 대비해야 하는 건 아닌가?' 싶어 답답해지기도 했다.

　사람들은 또 바뀐 환경에 적응해갔고 우리도 마찬가지였다. 이진이는 마스크 쓰고 미술학원도 다니고 합기도장도 다니고 친구들과 놀이터에서 뛰어놀면서 쑥쑥 잘 자랐다. 그렇게 지내다가 WHO의 팬데믹 선언 2년 만에, 2022년 3월에 우리 가족이 드디어 코로나19에 감염됐다. 다행히 그때는 코로나19의 공격력(?)이 약해졌고 우리나라에서만 하루에 20~30만 명씩 확진자가 발생하던 때였다. 건강 걱정보다 주위 사람들에게 민폐 끼칠 걱정 때문에 확진을 두려워하던 분위기도 많이 잦아들었던 시점이었다. '그 집에는 아직 안 왔어?'가 인사치레 같았고 걸린 사람들도 큰 충격 없이 '드디어 올 것이 왔구나. 일주일 쉬지 뭐.' 하며 받아들이던 때였다. 부부가 동시에 혹은 차례로 확진 판정을 받으면 '그래도 금슬이 좋네' 하는 실없는 농담을 주고받을 정도로 긴장감이 떨어진 시기였다.

　주위에 확진자들이 워낙에 많이 발생하면서 '이제 나한테도 올 때가 됐는데' 하는 마음이 들었지만 대통령 선거(2022년 3월 9일)만 무사히 넘기기를 바라고 있던 시점이었다. 클라이언트와 미팅도 많았고 개표 중계, 선거 결산, 새 정부 전망 등에 대한 방송 출연과 원고 마감도 줄줄이 잡혀 있었다. 그리고 우리 가족은 큰 선거를, 일종의 대목을 치르고 나면 함께 여행을 떠나는 독특한 관행이 있어서, 선거 다음 주에 경주로 가서 며칠 보낸 다음에 부산 본가에도 들렀다 오는 계획을 잡아놓고 있었다. 다행히 선거는 넘겼는데 컨디션이 좋지 않다 싶더니 경주로 떠나려고 한 날 새벽에 자가진단키트에 딱 하고 '두 줄'이 나왔다. 아내와 이진이는 그날은 괜찮았지만 바로 그다음 날에 양성판정 대열에 합류. 역시 우리는 '화목한 가정'이었다.

가족들 앞에서는 '괜찮다. 걱정하지 마라.' 하고 큰소리를 땅땅 쳤지만, 막상 닥치니 겁이 나긴 났다. 팬데믹 이후에, 집에서 지지고 볶는 시간이 많았지만 꼬박 일주일을 집 밖에 한 발짝도 못 나가고 다 같이 지내야 한다는 것도 갑갑했고 통증이 심하면 어떡하나, 다른 합병증이 오면 어떡하나 걱정도 됐다. 그래도 우리 가족은 일주일을 잘 버텼다. 나는 거의 무증상자 수준이었고 아내는 발열과 두통이 나타났지만 견딜만한 정도였다. 이진이는 다른 아이들이 그랬다던 대로였다. 이틀 정도 고열을 동반한 무기력증에 시달리다가 자연스럽게 증상이 사라졌다. 큰 어려움과 고통 없이 일종의 통과의례를 겪고 나니 마음과 몸이 홀가분해졌다. 자가 격리가 풀리고 2주 후에는 애초에 계획했던 경주, 부산 여행도 잘 다녀왔다. 이듬해 아내가 재감염됐지만 증상은 처음보다 덜했고 다른 가족들은 감염되지도 않았다.

서서히 하나씩 사라지더니 이제 코로나19로 인한 이

런저런 규제는 다 풀렸다. 일상생활은 코로나19 전과 별 차이가 없는 것 같다. 하지만 코로나19는 많은 흔적을 남겼다. 이진이는 위생 관념이 매우 철저하고 질병과 건강에 대한 강박이 강한 아이로 자랐다. 코로나19뿐 아니라 여러 감염병은 물론이고 미세먼지 수치 등에 대한 뉴스를 꼬박꼬박 챙긴다. 사십여 년 전에 유치원에 다닌 내 빛바랜 앨범 속에도 소풍, 야외 활동, 운동회 사진이 적지 않은데 이진이는 그런 것도 없다. 유치원 3년 차인 작년(2022년) 가을에 실내에서 마스크 쓰고 취식이 일체 금지된 약식 운동회를 딱 한 번 했을 뿐이다. 친구들과 장난치면서 떠들고 서로 침 튀겨가며 밥 먹는 즐거움도 모른다.

"선생님께서 급식 먹을 땐 절대 친구들하고 이야기하거나 장난치면 안 된다고 말씀하셨어."

유치원에서 밥을 먹기 시작할 때부터 엄격한 표정으로 선언했다. 이진이와 친구들은 야외로 소풍을 가본 적도 없고 운동장에서 운동회를 해본 적도 없고 둘러앉아 도시락을 나눠 먹어본 적이 없으니 아예 그 즐거움의 존재 자체를 모른다. 책이나 사진으로만 본 것들이라 실제로 해보고 싶어 하는 마음이 큰 것 같지도 않다.

"이진아, 이진이는 마스크 안 쓰고 있던 때 기억나?"

"어린이집 다닐 땐 안 썼던 것 같아. 기억이 나는데, 사실 기억이 잘 나지는 않아."

코로나19로 인해 가족을 잃고, 생업에 타격을 받아 큰 고통을 받은 동시대의 수많은 사람에 비하면 우리 가족은 약간의 불편을 겪었을 뿐이다. 나이 많으신 양가 부모님들도 확진 시기를 다행히 잘 넘기셨다. 이진이도 마찬가지다. 부모의 노동환경, 나이와 생애 주기를 감안하면 학업이나 성장에 어려움을 겪지도 않았다. 근데 내가 사회생활을 시작한 이래 코로나19에 앞서 사스, 신종플루, 메르스 등이 먼저 왔다 갔다. 슬쩍 지나간 것도 있었고 꽤 큰 것도 있었지만 영향을 받은 사람들 숫자보다는 안 받은 사람들 숫자가 더 많았다. 그런데 코로나19는 달랐다. 아무도 피해가지 못했다. 이제는 전 세계를 강타하는 감염병이 주기적으로 닥칠 것이라는 음울한 예측이 지배적이다. 나도 그렇지만 이진이와 팬데믹 키즈들이 이번을 잘 넘겼다고 다음에도 그러리라는 보장이 있을까 생각하면 아주 답답하다.

질문

- 코로나19는 아이들의 생활을 어떻게 바꿨을까?
- 천재와 지변이 벌어지면 도대체 어떻게 해야 하나?

괜찮은 동네에서 공부 잘하기

인생 살다 보면 많은 어려운 일들을 겪기 마련이지만, 지나놓고 보면 다 별거 아닌 것처럼 느껴지는 경우가 많다. 그래서 '예전에 겪었던 일'은 곧 '남의 일'이다. 사람들이 학교, 군대, 직장 등에서 힘든 처지에서 벗어난 이후에도 과거에 겪었던 부조리나 고통을 기억하고 개선을 위해 나선다면 많은 문제가 벌써 꽤 쉽게 해결됐을 거다. 하지만 개개인의 입장에서는 한 고비를 넘기고 나면 또 감당해야 할 새로운 고비들이 끊임없이 나타나니, 여유가 없어서 혹은 '나는 다 겪었는데, 니들은 뭐라고'라는 본전 생각에 '남의 일'에 무관심해진다. 이진이 키우면서 보니 내가 전형적으로 이런 사람이다.

길고 긴 학창 시절을 지내는 동안 구조적 문제점도 많

이 느꼈지만 학교 문 나선 이후에는 싹 잊었다. 육아와 교육이 엄청난 사회문제로 떠오른 지 오래 되었고 주위 선배들이 모두 고충을 토로해도 솔직히 별 관심이 없었다. '남의 일'이었으니까. 근데 이진이 태어난 이후에는 달라졌다. 근데 그것이 참 얄팍했다.

"아무것도 모르는 초보 엄마·아빠들이 당연히 제일 힘들지, 국가와 사회가 출산과 양육에 집중적으로 자원을 투여해야지."

이진이가 갓난아기 땐 이렇게 말하다가 어린이집 갈 땐 또 저렇게 말하고 다녔다.

"갓난아이이야 이렇든 저렇든 부모가 감당해야 할 몫이 많고 애가 커서 학교 가면 한숨 돌리는데, 그 사이에 낀 보육이야말로 약한 고리잖아. 예산을 퍼부어야지."

이제는 초등학교 갈 때가 되니 또 이런 마음이다.

'교육이 제일 문제인 거 다 알잖아. 돈이든 뭐든 다 퍼부어서 초등학교부터 싹 갈아엎어야 저출산 문제부터 이중 노동시장 문제까지 켜켜이 쌓인 짐들을 해결할 수 있지.'

나는 이제 앞으로 6년 동안은 초등교육 전문가이자, 초등교육 우선주의자가 될 것이 틀림없다.

학부모가 되려고 하니 생각도 많아지고 마음도 복잡해지기 시작했다. 근데 결국은 두 가지가 문제였다. 내 문제로서는 돈, 이진이 문제로서는 학업 재능.

'영유'에 대한 고민을 한 지 몇 년 만에 '사립'에 대한 고민도 떠올랐다. 코로나19로 비대면 교육이 늘어나면서 공립과 사립의 교육 효과 차이가 확 벌어졌다는 이야기를 하는 사람들이 많았다.

"돈 많이 드는 것처럼 보이지만 사립 보내면 학원 덜 보내도 되고 믿을 수 있는 선생님들이 악기나 스포츠 가르쳐주는 거 생각하면 공립 보내는 거나 돈 차이도 얼마 안 나."

이런 이야기도 귀에 많이 들어왔다. 그러고 보니 주위에 아이를 사립 초등학교 입학시킨 사람들이 드물지 않았고, 우리 동네에도 아침저녁으로 사립 초등학교 스쿨버스들이 오가는 모습이 눈에 들어왔다.

하지만 길게 고민하진 않았다. 내 소신과 교육철학 때문이라기보다는…. 무엇보다 우리 집이 너무 '초품아(초등학교를 품은 아파트)'라서 그 메리트를 저버릴 수가 없었다. 아이 걸음으로도 2, 3분 지척에 찻길 한 번 안 건너고 다닐 수 있는 학교 대신에 멀리 있는 곳을 선택한다는 게 너무 비효율적이라 생각했다. '집 앞 학교' 입학 쪽으로 마음이 기울어지자 여러 장점들이 보였다. 이진이도 자기는 당연히 졸업한 유치원과 같은 담장 안에 있는 학교에 여러 친구들과 같이 다닐 거라고 생각하고 있었고 무엇보다 공립 초등학교는 '무상'이니까. 사립 초등학교에 대해 사람들이 '생각보다는 부담이 덜하다'고들 했지만 '그들의 생각'과

'내 생각'에는 차이가 컸다.

어쨌든 남들 앞에서는 큰 고민을 하는 양, 실은 큰 고민 없이 결정을 한 다음에 초등교육과 관련한 이런저런 데이터, 이진이가 다니게 될 학교의 위상(?)을 살펴봤다. 예상대로라고 해야 할까, 예상 밖이라고 해야 할까. 2022년 기준으로 서울에서 사립 초등학교에 입학하는 아이들의 비중은 전체의 5.9%에 불과했고, 절대다수인 93.8%가 공립 초등학교에 입학했다. (나머지 0.3%는 사립보다 훨씬 더 경쟁률이 높은 두 곳의 국립 초등학교다. 서울교대부속초등학교와 서울사대부속초등학교.) '요샌 다들 사립 보낸다'라고 할 때 '다들'은 소수에 불과하다는 걸 확인하니 마음이 놓였다.

그런데 다른 데이터를 살펴보곤 많이 놀랐다. 일단 입학생 수 상위 10개 학교들을 보니 강남권뿐 아니라 서대문, 구로, 강서, 마포까지 골고루 분포되어 있었다. 그래도 다행이구나 싶었는데 좀 더 들여다보니 별로 다행이 아니었다. 일단 입학생 수가 가장 많은 학교들은 단 한 곳의 예외도 없이 모두 아파트 단지와 붙어 있는 '초품아'였다. 이진이가 입학한 학교는 10위권을 살짝 벗어난 수준의 최상위권.

학교당 학생 수가 많고 과밀학급이 편성되면 좋지 않다는 통념도 현실과 달랐다. 서울시 전체 초등학생 수가 40만 명이 채 안 되는데, 서초·강남·송파·강동 이렇게 동남

4구에 10만 명 이상이 모여 있었다. 서초구, 강남구 초등학교가 학급당 학생 수가 25명을 살짝 넘겨 최고 과밀도를 기록하고 있는데 이걸 열악함의 지표로 해석할 수는 없는 일. 살기 좋은 곳에 살만한 사람들이 모여 있으니 애를 많이 낳아서 키운다는 뜻으로 해석하는 게 맞겠지.

그런데 같은 해 기준 6학년생 숫자 상위 10개교를 보곤 더 놀랐다. 입학자 상위 학교는 그나마 분산되어 있었는데 졸업 준비생인 6학년 숫자로 보면 강남구가 5곳에 서초, 송파, 강동, 양천, 노원이 한 곳씩이었다. 입학생 수가 많은 신규 입주 아파트에 붙어 있는 학교들의 졸업생 숫자가 앞으로 늘어날 가능성이 높겠지만, 중학교 진학을 대비해 초등학교 고학년 때부터 강남을 포함한 '학군지'로 전학 가는 애들이 많다는 걸 통계가 보여주고 있었다. 이런 숫자를 보고 나니 사교육 지표나 학업 성취도 자료는 찾아볼 엄두도 안 났다.

'동네가 그래도 괜찮다'의 기준이 뭘까 생각해봤다. 서울시 안, 한강의 왼쪽 끄트머리 쪽에 있는 우리 동네에 대해 나는 만족도가 높은 편이다. 이진이 또래 애들이 많고, 학교도 집에서 가깝고 학원도 많다. 무슨 기준으로 보느냐에 따라 다르겠지만, 초등학생 키우기에 괜찮은 동네라 생각한다. '초품아'는 많은 사람들의 로망이기도 하다. 서울 시내 '초품아'에 사는 사람은 대한민국에서 아주 위쪽에 속

할 거다. 근데 강남하고 비교해보면, 안 살아봐서 잘은 모르지만, 거기랑 여기는 딴 세상이다. 그리고 여기랑 입학생 수도, 학급당 학생 수도, 관내 학교 숫자도 줄어드는 다른 동네는 또 다른 세상일 테고. 그리고 지방은….

이런 구조 자체에 메스를 들이대야…는 우리 모두의 숙제니까 일단 넘어가고…. 열심히 돈을 벌어서 혹은 빚을 내서라도 이사 갈 계획을 세워야 하는 것인가…. 그것도 그냥 넘어가기로 했다. 고민을 깊이 한다고 해서 답이 나올 문제가 아니라서.

지역 불균형에 대한 교육 격차의 심화는 구조적 문제고 내가 통제할 수 없는 변수라면 내 딸의 학업 능력은 그래도 좀 다르지 않을까 싶은데 사실 그건 더 모르는 문제다. 이진이가 유치원 다닐 때 SNS상에서 이진이 또래 다른 집 애들이 그럴듯한 그림도 그리고 한글은 물론이고 영어도 줄줄 읽고 쓰고 악보 보고 피아노를 척척 치는 모습들을 보면서 압박감을 느끼기 시작했다. '나는 내 자식 들들 볶는 부모가 되진 말아야지'라는 약간의 허영심도 섞인 다짐과 '내 딸인데 그래도 똑똑하고 공부 잘하겠지'라는 근거 없는 기대에 미세한 균열 점이 생기기 시작했다.

이진이의 학업에 본격적으로 관심을 기울여야겠다고 결심한 후 나 키울 때 어떻게 했냐고 여쭤보려고 부산에 계신 엄마한테 전화를 걸었다. 한글을 어떻게 뗐나를 비롯해서 공부시킨 노하우를 물어봤더니 이런 대답이 돌아왔다.

"니는 혼자서 다 했다. 안 가르쳐줬는데도 어느 날부터 혼자서 글도 읽고 좀 있다가는 책도 보더라."

기가 차서 '그게 말이 되냐?'고 반문했지만 반박만 돌아왔다.

"맞다. 내가 왜 그걸로 거짓말하겠노?"

"그런 게 어디 있어? 이진이는 안 그런데."

"나는 모르지. 내 아들이 네 딸보다 더 똑똑할 수 있지."

엄마는 깔깔 웃으셨다.

"아유, 알았어요. 도움이 안 되네."

'어릴 때 그렇게 똑똑했는데 지금 나는 왜 이런데'라고 따지려다가 내 나이가 오십이 다 되어간다는 점을 깨닫고 전화를 끊었다. 미묘하게, 아니 대놓고 기분이 좋지 않았다. 내 앞에서 사기 자식이랑 내 자식을 직접 비교하면서 자기 자식 자랑하는 사람을 처음 봤기 때문이었다. 그리고 그 사람이 우리 엄마라니!

학교 가면 친구들과 사이좋게 지내고 선생님 말씀 잘 듣고 건강하게 자라는 게 제일 우선이라고 생각하기야 하지만 솔직히 '과연 내 딸은 공부를 잘 할 것인가?'가 너무 궁금하다. 공부를 잘 할 경우에 그 뒷바라지를 하는 것도 힘든 일이라는 이야기도 많이 들었지만 그건 행복한 고민이겠지. '내 딸이 학업에 재능이 없다면 아빠로서 나는 어떻게 해줘야 하나?'라는 물음 앞에서는 아직 답이 없다. 이진이가 학업이나 예능에 천재적인 재능을 일찍부터 드러낸적이 없다는 건 이미 내가 다 확인했다. 하지만 일부 예체능을 제외한 학업의 두각은 천천히 나타나는 경우가 많다. 우리가 다 겪어봐서 알지만 일곱 살, 여덟 살 때 공부 잘하니 못하니 하는 것도 우스운 일이다. 물론 엄마 말에 따르면 나는 학교도 들어가기 전부터 학업에 두각을 나타내기시작했지만.

'괜찮은 동네'의 기준도 제각각이듯 '공부를 잘한다'의기준도 다 다를 거다. '이제 (통칭) 스카이 가봤자 별거 없다'는 이야기가 많이 들리는데, 그다음 이어지는 말은 '이제는 학력이 중요하지 않다'가 아니라 '무조건 의대가 최고다'라는 식이다. 초등학교 5학년까지 토익 900점 수준으로 영어는 다 떼야 6학년 때부터 중학교 때까지 수학과 국어 선행을 다 마치고 고등학교 때 반복 학습에 매진해서'인 서울'이라도 한다는 이야기나, 초등학교 1학년 대상으로 의대 준비반을 개설한다는 이야기를 듣고 있으면 '지금사람을 바보로 아나? 졸업은 못했지만 나도 대학 다닌 사람인데 어디서 사기를 치고 있나?'라고 면박을 주고 싶지만 그러다가 진짜 바보 취급받을 것 같다.

아이를 먼저 키운 친구들이 많기는 내 쪽이지만 '영양가' 있는 이야기를 듣고 오는 건 주로 아내 쪽이다. '애들이 공부 잘하고 못하고는 언제부터 아는 거지? 요샌 학교에서 시험도 안 보잖아.'라는 이야기를 한참 나눈 다음 날 아내는 내게 말해줬다.

"내 친구 ○○ 있잖아. 중학교 올라가는 애랑 5학년 애랑 키우는, 걔가 하는 말이 보통 한 3학년 때부터 공부 잘하고 못하고 차이가 나기 시작한대."

그 말을 들은 이후 나는 나중에 어련히 다 잘하겠지 생각하며 '행복 회로'를 돌릴 시간이 그래도 2년 이상 남았다고 안심하는 중이다. '행복 회로'를 돌린 김에 가만히 눈을 감고 한 십 몇 년 후를 생각해본다.

"아휴, 어떻게 딸을 이렇게 똑 부러지게 잘 키웠어요?"

"별말씀을요. 지가 알아서 다 했지, 저는 그저 이진이 애가 아주 어릴 때부터 대화를 많이 나누려고 애쓰기는 했어요. 남하고 비교하면서 뒤처질까 봐 '걱정하지 마. 아빠는 이진이가 자기 목표를 스스로 세우고 거기 맞춰 노력하는 사람이 되면 좋겠어. 그 과정이 중요한 거야.'라고 그때부터 지금까지 계속 이야기해주고 있긴 해요. 앞으로도 그러려고요. 어디 애들이 부모 마음대로 되나요?"

질문을 받은 나는 겸손하지만 약간 재수 없게 대답한다. 아, 일단 내가 그런 사람이 되고 봐야겠다.

질문

- 아이 학업 능력은 내가 통제할 수 있는 변수인가?
- 행복 회로 돌릴 수 있는 시간이 얼마나 남았나?

아빠 사랑의 정치 메커니즘

나는 내 딸을 참 사랑한다. 이유도 없고 조건도 없이 있는 그대로 이 아이를 사랑한다고 생각하는데, 또 그게 꼭 그런가 싶기도 하다. 이진이도 아빠의 사랑을 받고 그에 반응하면서 아빠를 사랑하고는 이런 상호 피드백의 반복 속에서 사랑이 증폭되는 게 아닐까? 조건 없는 사랑, 이유 없는 사랑, 순수한 사랑…. 이런 걸 부정하고 싶진 않은데 너무 일방적 개념이 아닌가 하는 생각이 들 때가 많다. 부부, 부모와 자식, 연인같이 사랑이 넘치는 사이에도, 아니 사랑이 넘치는 사이라서 더욱 많은 문제가 발생한다. 근데 가만 보면 사랑이 식거나 부족해서 일이 터지는 경우보다 일방적인 자기 위주의 사랑, 상대방의 처지와 마음을 고려하지 않는 사랑으로 인한 사건 사고가 훨씬 더 잦다. 나는 정치인과 기업의 선거·공공 캠페인, 전략, 메시지를 다루는 걸 생업으로 삼고 있어서 그쪽은 좀 안다. '정치를 잘하려면 어떻게 해야 하나?' 같은 질문을 받으면 뭐라 대답해 줘야 하나 싶어 답답하지만 그래도 늘 이렇게 말해준다.

"좋은 정치는 좋은 정치인이 하는 것인데, 좋은 정치인은 자신의 정치적 이익과 공익의 교집합을 극대화하는 사람이죠."

이 말을 들은 상대방은 '뭔가 그럴듯한 거 같긴 한데, 이게 무슨 소리인지 모르겠는데?'라는 마음을 얼굴로 표현하는 경우가 많다. 그러면 이번에는 이렇게 좀 길게 설명한다.

"사익, 자기 이익은 나쁜 게 아니에요. 돈 많이 벌고 싶고 이름도 날리고 싶고 권력도 갖고 싶고 또 뭐 기타 등등. 그 자체가 뭐가 나쁘겠습니까? 그런 욕망 때문에 개인이 노력하고 그로 인해 사회가 돌아가는 거죠. 근데 사익에만 집중하고 싶으면 정치를 안 하는 게 맞아요. 불법적 방법이나 비도덕적인 방법만 아니라면 사익에 집중해도 공동체에 도움이 되긴 되요. 하지만 정치에는 안 맞죠. 그러면 사익을 돌아보지 않고 오직 공익에 헌신해야 하느냐? 뭐 그러면 좋겠는데, 저는 인류의 수많은 위인 중에 그런 사람은 못 봤어요. 일체의 사익을 돌아보지 않고 공익에만 집중한다고 자부하는 경우에 오히려 독선에 빠지고 독재자가 되는 경우가 많더라고요. 종교인은 좀 다르려나?

　제가 생각하는 좋은 정치인은 사익과 공익의 교집합을 극대화하는 사람들입니다. 좋은 정책을 만들고 그걸 실현하면서 대중의 지지를 얻고 이를 통해 권력을 획득하고 그 권력을 잘 행사해서 더 큰 지지를 얻고 이를 통해 더 큰 권력을 얻고 마지막에는 사람들로부터 사랑과 명예를 얻는 거죠. 이렇게 선순환의 고리를 만드는 것, 공동체의 이익이 내게도 이익이 되는 고리를 만드는 것, 그 고리 속에서 사익(권력욕)과 공익을 모두 키우는 사람이 좋은 정치인이죠."

　이 정도까지 가면 대체로 '그렇구나'라는 표정으로 고개를 깊이 끄덕거리기 마련이다. 이 말로 어느 정도 답답함을 해소하고 돌아가는 사람들도 있고, '잘 알겠는데 교집합을 극대화하는 구체적인 방법은 무엇인가요?'라고 다시 묻는 사람도 있는데 그 경우에는 계약 체결을 권유한다. 나도 먹고살아야 하고, 구체적인 방법이라는 건 일반적일 수 없으니 같이 많이 이야기하면서 머리를 짜봐야 나오는 것이니까.

　내 생각에 부모와 자식 간 사랑의 메커니즘도 비슷한 거 같다. 사랑으로 키운 자식이 사회적, 경제적으로 성공해서 부모에게 보답하는 선순환의 고리…뭐 그것도 좋겠지만, 꼭 그런 차원을 이야기하는 건 아니다. 부모는 아이를 사랑하고 그 아이를 사랑하는 것 자체에서 행복함을 느낀다. 흔히 말하는 순수한 사랑이다. 내 유전자를 물려받은 자식을 사랑하는 건 생명체의 본능이기도 하다. 그런데 내 사랑으로 자식이 잘 자라고, 자식이 내 사랑을 잘 수용해서 좋아하고 그래서 다시 나를 사랑하게 되는 선순환의 고리를 만드는 것이 '좋은 사랑' 아닐까 싶다.

그래서 아이가 커갈수록 선순환의 고리를 만드는 것도 점점 어려워지는 것 같다. 아주 어릴 때야 정말 열과 성의만 다하면 많은 것이 해결됐는데, 이제는 그 열과 성의에 플러스알파가 필요하다는 걸 느낀다. 그리고 늘 문제는 '어떻게'다. 아이가 반기는 사랑을 주기 위해서 하루 종일 유튜브 보여주고, 밥 대신 과자를 대령하고, 늦게 재우고 늦게 깨우는 포퓰리즘적 기조로 가서도 안 되고 나도 못 지키는 철의 규율을 강요할 수도 없다. 정치인이 내게 '어떻게?'를 물으면 계약 맺고 함께 궁리해보자 하지만 내가 이진이와 인생을 함께하면서 서로 잘 사랑하는 방법을 구체적으로 알려줄 전문가는 없다. 우리 집 금쪽이를 데리고 오은영 선생님 찾아간다고 해서 될 일이 아니다. 우리 부부와 이진이가 시행착오를 겪으며 만들어가는 수밖에 없다.

이것 말고도 내가 남들한테 하는 이야기가 우리 가족의 사랑에 적용된다 싶은 것이 또 있다. 내가 생각할 때 좋은 전문가는 엉뚱하고 후진 질문에 대해서도 그럴듯하게 인사이트를 담아서 대답할 줄 아는 사람이다. 나는 좋은 전문가가 되고 싶은 사람 정도이긴 하다. 어떤 방송에 출연했을 때 이런 질문을 받은 적이 있다.

"그런데 왜 대통령의 지지율이 중요한가요?"

질문 앞에서 말문이 잠깐 막혔지만 곧장 대답했다.

"중요하니까 중요하죠."

그러자 이번에는 상대방의 말문이 막혔는데, 나는 이야기를 풀어나갔다.

"지지율이 중요한 이유, 지지율을 높게 유지해야 하는 이유는 까먹기 위해서예요."

내가 노린 대로 '무슨 말씀인지 좀 쉽게 이야기해주세요'라는 요청이 나왔다.

"지지율은 자산, 저축 같은 거로 생각하면 돼요. 자산이 있어야 좋은 계획이 생겼을 때 투자를 할 수 있고, 불경기를 맞거나 불의의 사고가 닥치면 그 자산을 까먹으면서 버티다가 경기가 좋아지거나 사고를 극복하면 다시 돈을 벌어서 자산을 채우잖아요. 지지율도 똑같아요. 지지율이 높아야 당장 인기는 없어도 꼭 필요하고 나중에는 지지율을 높일 수 있는 정책을 실행할 수 있어요. 지지율을 늘 어느 정도 이상으로 유지하고 있어야 정치적 실수나 전혀 예기치 못한 사건 사고가 발생해서 지지율이 낮아져도 버틸 수 있죠. 그러다가 여유가 생기면 다시 지지율을 높이고 그 높인 지지율을 또 까먹고 그러는 거죠. 지지율이 낮으면 필요한 일도 못하고, 예기치 못한 일이 생길 때 회복할 수 없는 타격을 받게 되죠."

이진이와 나의 관계도 마찬가지인 거 같다. 나에 대한 이진이의 사랑, 즉 지지율을 늘 일정 수준 이상으로 유지할 필요가 있다. 아이가 아주 어릴 적에야 본능적으로 아빠를 사랑했던 것 같다. 자기의 모든 걸 책임져주고 돌봐주는 엄마, 아빠를 사랑하지 않으면 그게 이상한 거고. 그러다가 조금 크니까 우리 아빠는 키도 크고 힘도 세고 멋지고 모르는 것도 없어서 너무 좋다고 하더니, 안타깝게도 이 기간은 매우 짧았다, 일종의 대통령 임기 초 허니문 기간과 유사하다고 할까? 요즘은 '아빠보다 ○○이가 더 잘생겼지만 나는 그래도 아빠를 사랑해' 수준이다. 즉 아빠라는 이유만으로 내가 이진이로부터 사랑을 받기는 점점 어려워진다는 이야기다.

그런데 이진이가 나를 많이 사랑하고 있어야 잘못된 행동에 대한 질책, 공부나 인성 교육 같은 '인기 없는 정책'을 무리 없이 시행할 수 있다. 이진이가 나를 사랑하고 있을 때만이 그 '인기 없는 정책'에 대해서도 '아빠가 나를 사랑해서 이러는 거다. 하기 싫지만 내게 필요한 것 같아.'라고 받아들일 수 있다. 그리고 내가 아무리 내 딸을 사랑한다고 하더라도 분명히 실수나 잘못을 할 때가 있다. 이미 여러 번 했다. 그런 일이 잦지 않아야 하지만, 내 의도나 고의와 무관하게도 분명히 재발할 것이다. 그런 상황에도 이진이가 아빠를 많이 사랑하고 있을 땐 충격과 상처가 덜하고 금방 아물 수 있겠지만, 아빠에 대한 사랑이 이미 옅어져서 까먹을 사랑이 없을 땐 다른 결과가 나올 거다.

내 입장에서도 그렇다. 딸에 대한 나의 사랑뿐 아니라 나에 대한 딸의 사랑에 대한 확신이 있을 때 내 딸을 더 잘 사랑할 수 있다. 그 확신이 없으면, 눈치를 슬슬 살피며 포퓰리즘 정책을 시행하거나 완전히 거꾸로 '진정한 사랑은 인기를 탐하는 것이 아니다'라는 식의 독재자 노릇을 할 가능성이 높겠지.

정치적 메커니즘과 우리 가족의 관계는 또 다른 방향으로도 작동하고 있다. 집 밖에 나가면 나를 알아보는 분들이 가끔 있다. 주로 정치에 관심이 많은 중년층 이상 분들이 TV나 언론 지면에서 본 나를 알은체하고 반갑게 인사를 건네곤 한다. 이진이도 언젠가부터 사람들이 아빠한테 알은체한다는 걸 인식하고 있다. 다행히 내가 가족과 있을 때 공격적이거나 비판적인 제스처를 취하는 사람은 아직 한 명도 없었다. 내가 워낙에 잘나서 사람들이 다 나를 좋아하니까? 선거에 처음 출마하는 사람들이 그런 착각을 많이 하는데, 그게 그렇진 않다. 내가 싫어하는 유명인을 만났을 때 그 면전에서 나의 싫어함을 표현하기는 어려운 일이다. 나를 공격하지 않는 상대방에게 먼저 공격적 언행을 하는 데는 상당한 에너지 혹은 결심이 필요하기 때문이다. 사람들은 싫어하는 사람을 마주치면 대체로 모른 척하고 지나친 다음에 뒤에서 손가락질할 뿐이다. 만나면 욕해줘야지 하고 생각하고 있던 정말 싫은 사람을 만난 경우에는 다르겠지만. 어쨌든 자기와 함께 있을 때 아빠에게 알은체하는 분들은 모두 호의적이었기 때문에 이진이는 그걸 은근히 즐긴다. 딸하고 함께 있을 때 나는 모르는데 상대방은 나를 아는 사람을 만나는 건 나로서는 부담되는 일인데, 아내는 명쾌한 지침을 줬다.

"알아보는 사람도 많으니까 남들한테 욕먹을 일 하고 다니지 마. 집 앞에 나갈 때도 세수 잘하고 머리 빗고 다녀."

고백하건대, 사실 나도 약간 이진이를 정치적으로 이용하고 있다. 내 SNS 계정의 게시물 중 이진이 이야기는 늘 인기가 많다. 모르는 분이 이진이 팬이라고 인사해오는 경우도 적지 않다. 공적인 자리에서 내놓는 정치나 사회 현안에 대한 내 말과 글에 대해 사람들의 의견이 엇갈리는 건 당연한 일이고 내가 감수해야 할 일이다. SNS상의 그것도 마찬가지라고 생각하는데 한때는 악성 댓글이 엄청나게 많이 달려서 그 댓글 공방이 기사화된 적도 있었다. 하지만 이진이 이야기는 다르다. 보수와 진보, 중도가 하나로 화합해서 좋은 반응을 보인다. 물론 눈꼴 사납게 생각하는 사람들도 분명히 있겠지만 그런 사람들은 반응을 나타내지 않는다. 광고의 보증수표인 이른바 3B(beauty, baby, beast)도 같은 메커니즘이다.

처음에는 내게 사랑하는 딸이 생긴 것, 이 아이가 자라는 과정, 나의 소소한 고충과 행복을 지인들과 나누고 싶은 생각뿐이었지만 이진이 관련 게시물에 대한 메커니즘을 이해한 뒤로는 좀 전략적으로, 솔직히 말해 나에 대한 방패막으로 이용한 면도 분명히 있다. 다만 내 나름의 기준을 세운 것이 신생아 때를 제외하곤 이진이의 얼굴이 노출되는 사진은 올리지 않고 있다. 그래서 이진이를 본 적 없는 사람들이 더 이뻐하는 것 같기도 하지만.

이진이도 아빠가 SNS에 자기 이야기를 많이 쓰는 걸 알고 있다. 글 깨친 이후에는 뭐라고 썼는지도 다 보여준다. (이때부터 이진이의 검열도 생겼다.) 아직 싫어하지 않고 좋은 반응을 즐기는데 언제까지 그럴지는 모르겠다. 나도 점점 커가는 딸 이야기를 내 계정에 계속 쓰는 게 맞나 하는 의구심이 커지고 있다. (나에 대한 이진이의) 지지율을 계속 높이 유지하면서 합의를 유지할 생각인데, 이 건에 대해서는 이진이의 의견에 전적으로 따를 생각이다.

질문

- 왜 아빠는 높은 지지율을 유지해야 할까?
- SNS에 아이 이야기는 언제까지 쓸 수 있나?

장래 희망은 변신 중

부모는 "내 아이가 커서 '이런 사람'이 됐으면 좋겠다"는 바람이 있다고들 한다. 하지만 '자식 겉 낳았지, 속 낳았나'라는 속담처럼 자식이 부모 마음대로 안 커준다고들 한다. 두 번째 문장은 공감이 가는데 첫 번째 문장은 모르겠다. 진짜 그런가? 나는 아직 저 문장 안의 '이런 사람' 자리에 무슨 내용을 넣어야 할지 잘 모르겠다.

당연히 나도 바람이 있다. 나는 이진이가 아픈 데 없이 건강하게 자랐으면 좋겠다. 나는 이진이가 자기 자신과 가족, 주변 사람 그리고 공동체를 사랑하면서 행복하게 살았으면 좋겠다. 근데 이건 극히 보편적이고 추상적인 이야기다. 나도 그렇게 살았으면 좋겠고 세상 모든 사람이 그렇게 살았으면 좋겠다. 이진이는 지금까지 크게 아픈 데 없이 잘 자랐고 밥도 잘 먹고 잠도 잘 잔다. 특별한 이유 없이도 잘 울긴 하지만 과하게 떼를 쓰거나 엄마·아빠의 훈육을 거부하지도 않는다. 유치원 땐 물론이고 학교 가서도 친구들, 선생님과도 잘 지내고 있다. 너무나 고마운 일이다. 세상을 살다 보니 뭘 잘하기는 어렵고 기쁜 일이지만 뭘 잘못하지 않는 건 다행스럽고 고마운 일이다. 초등학교 1학년 윤이진은 아빠 눈에는 정말 장한 어린이다. 고마워해야 할 일에 대해 고마워하며 살자고 늘 다짐하는데 그것도 참 어려운 일이다. 장한 건 장한 것인데, 이진이도 이제 학생이니까 공부할 때가 된 것이다.

이진이가 학생이 되면서 '아빠로서 나의 교육철학은 무엇인가'라고 자문해봤다. 역시 돌아온 답은 '모르겠다'였다. 아니 '교육철학'이라는 건 도대체 무엇일까?

다른 부모도 다 마찬가지지만, 나도 이진이가 공부를 잘했으면 좋겠다. 그런데 이 사회에서 공부를 잘한다는 것의 의미는 결국 상대평가의 우위를 말한다. 전국 1등부터 쭉 줄을 세우는 과거식 학력고사나 수능이 아니라 서술형 시험이나 학생부 등을 기반으로 한 각종 정성 평가, 할당이나 가산점을 부여하는 잠재력 측정, 면접시험 등의 본질도 결국은 상대평가다. 위에 있는 사람이 누군지 아래에 있는 사람이 누군지 가려야 합격자와 불합격자를 정할 수 있다. '유럽에서는 특정한 기준 이상만 넘어가서 자격을 획득하면 모두 대학에 합격시킨 다음 졸업을 어렵게 한다', '절대 평가로 부여하는 자격증도 있다'라고 하지만 그역시 상대평가의 변형일 뿐이다. 예외는 있을 수 없다. 다같이 공부를 잘한다? 그건 평균, 중앙값의 수준이 올라가는 걸 의미할 뿐이다. 모두가 열심히 해서 다 같이 잘한다고 가정했을 때 그 속에서 상대평가의 우위를 차지하기는더 어려워진다. 입시생 숫자가 점점 줄어들어도 '좋은 대학' 들어가긴 더 어려워진다는 이야기가 나오는 이유다. 우리네 삶이 다 그렇다.

한국의 경우 학벌이나 자격증 시험 같은 특정한 경쟁을 통과한 이후에는 삶이 안온해지는, 아니 안온해진다고생각하는 경향이 있다. 세칭 명문 고교나 명문 대학 입시, 각종 고시, 의대 입시, 변호사 등 전문직 자격증만 통과하면 인생이 탄탄대로라고 생각하니까 다들 입시 경쟁에 내몰리는 것이다. 그 경쟁을 통과해본 부모는 그 달콤함을 알아서, 그 경쟁을 통과하지 못한 부모들은 그 뼈아픔을 알아서 자기가 겪었던 경쟁 속으로 자기 아이들을 내몰고 있다. 경쟁의 승자는 소수이고 패자는 다수다. 그 이후 승자끼리, 패자끼리의 경쟁이 다시 펼쳐지고 그 이후에도 같은 방식으로 경쟁이 반복된다. 이것이 무한 경쟁의 구조다.

수많은 정책 연구와 제도 개편, 입시를 둘러싼 비극적사건 사고가 그치지 않는데도 불구하고 큰 틀은 변하지 않았다. 이미연, 김민종, 김보성 등 중견 배우들의 솜털 보송보송한 모습을 볼 수 있는 1989년 작 영화 〈행복은 성적순이 아니잖아요〉 이래 2023년 작 드라마 〈일타 스캔들〉까지 입시 경쟁을 '고발'하는 수많은 대중 예술 작품들이 흥하는 이유도 마찬가지다. 〈행복은 성적순이 아니잖아요〉는 주인공의 극단적 선택으로 비극이 됐지만, 〈일타 스캔들〉의 해피엔딩은 괴이하기까지 하다. 의대 합격에 매달려 시험지 유출이라는 범죄를 저지르는 엄마와 이에 따르던 아들이 양심의 가책 속에서 자책하다가 학교를 자퇴하게 된다. 아들의 극약 처방을 통해 엄마는 자신을 되돌아보게 되고 온 가족이 화해하는데, 이 아들은 결국 의대에 합격해서 다 같이 행복한 삶을 산다는 것이다. 1989년 작 영화는 경쟁의 굴레에서 벗어나는 방법은 죽음뿐이라는 사회 고발 비극이었다면 2023년 작 드라마는 가정의 화합, 아이에 대한 존중 등의 '과정 관리'를 잘해야 경쟁에서도 이길 수 있다는 교훈극이다.

그런데 긴 역사의 관점에서 보면 학력(學力, 學歷 모두 해당한다.) 경쟁은 발전의 산물이다. 핏줄로만 세습되던 권력과 재력을 분산시키고 더 많은 사람에게 기회를 부여하기 위한 장치가 경쟁이니까. 동북아시아의 과거제도는 사회 진화의 혁명적 산물이었다. 이런 경쟁이 나타난 이후 경쟁 자체를 없애려는 모든 시도는 다 실패했다. 경쟁을 공정하게 하려는 수많은 시도들은 더 뛰어난 사람이 탈락하는 걸 방지하기 위한 경쟁 효율성 강화 방안일 뿐이다.

사람들은 이런 현실을 다들 인지하고 있다. 각자 방안을 가지고 대응하고 있다. 아이러니한 건 경쟁의 폐해에 대한 대안도 경쟁이라는 점이다. 경쟁을 통과한 사람이 '이제부터 경쟁 중단'을 선언하는 건 '사다리 치우기'에 불과하다. 힘든 경쟁을 통과한 사람들일수록 지속적 평가와 경쟁의 시험대에 올려놓아야 한다. 대통령? 야당과 경쟁, 전임자와 평가 경쟁, 다른 나라와 경쟁에 시달린다. 그걸 거부하면 독재자다. 다만 모두를 한 종목 경쟁에 밀어 넣어서 1등부터 꼴찌까지 가리는 건 심판만 게으르고 편하게 만들 뿐 가장 비인간적이고 비효율적 경쟁이다.

경쟁을 다원화, 다층화하면 개별 경쟁에 대한 압력이 낮아질 뿐더러 경쟁 통과자가 늘어난다. 패자부활전 역시 경쟁의 기회를 반복해서 부여하는 것이다. 기원전 776년 고대 올림픽이 처음 시작됐을 때 종목은 단거리 경주 하나뿐이었다. 그러니까 1등도 한 명이었다. 그러다가 달리기 종목이 세분되고 레슬링·권투·전차 경주 등이 신설되고 나중에는 문학·시가·예술·연극 종목도 생겼다. 역사가 헤로도토스가 아테네의 역사적 연구를 처음으로 발표한 것도 올림픽 경기장이었다. 지금은 하계·동계 올림픽이 따로 있고 개인·단체 종목 합하면 금메달을 목에 거는 사람 숫자가 수백 명이다. 올림픽 말고도 별의별 경쟁이 다 있다. 시합과 시험으로 순위를 매기는 경쟁, 시장에서 결정되는 경쟁, 성취도를 평가하는 경쟁, '좋아요'와 구독자 숫자로 나타나는 경쟁 등등. 아이를 공부에만 내몰지 않고 아이가 가진 재능을 일찍 발견해서 계발할 수 있도록 도와주는 부모가 좋은 부모라는 말 역시 다층적, 다원적 경쟁의 본질과 맞닿아 있다.

다시 이진이 이야기로 돌아가서, 다른 아빠들도 그럴 것 같은데, 나는 이진이를 놓고 종종 상상의 나래를 펼친다. '로또 1등 당첨되면 뭐하지?'와 비슷한 느낌이다. 상상 1번이었던 '영·유아 때 공부나 예술에 천재적 재능을 나타내면 어떻게 하지?'는 이미 꽝이긴 하다.

이진이가 여러모로 나를 뛰어넘길 바라지만 또 아빠를 자랑스러워하고 아빠를 닮고 싶어 했으면 하는 욕심도 있다. 나와 닮은 면과 닮지 않은 면의 결합체인 내 상상 속 이진이의 미래 모습은 이 욕심의 결과물이다. 긍정적으로 보면 이 욕심은 부모로서의 책임감으로 연결되고 내 삶의 모티베이션으로도 작용하고 있다. 하지만 이런 욕심이 과하면 이진이는 내 욕망과 대리 만족의 투사물이 되고 이에 순응하든 저항하든 불행해질 것이다. 이렇게 생각하다 보면 마음이 무거워진다. 내 욕망을 모두 버리는 건 아이를 방기하는 무책임함으로 귀결되기 십상이다. 내 욕망을 과하게 투사하면 아이가 불행해질 가능성이 높다. '적당히, 잘' 해야 하는데 그걸 누가 알겠나?

내가 그래도 끌어줄 수 있는 건 '경쟁'과 '공부' 쪽인 것 같다. 이진이에게 '인생은 경쟁의 연속이라는 것, 하지만 한 실패와 한 성공이 인생의 성취와 행복을 결정짓지 않는 다는 것, 경쟁은 지속적으로 주어지는 기회라는 것'을 가르쳐줄 것이다. 분명히 반복될 실패에서 좌절하지 않을 수 있는 평정심과 자기 자신에 대한 믿음, 자기 재능을 발휘할 수 있는 경쟁을 찾아내서 도전할 수 있는 능력을 키워주고 싶다. 개별 경쟁에서 이기는 노하우도 알려줄 수 있다면 좋겠지만 그 개별 경쟁의 종목명을 알 수가 없다.

그리고 공부. 공부는 국·영·수 같은 교과목이나 시험에 국한되는 것이 아니라는 전제로, 이진이가 모름에 대해 공포심을 느끼거나 좌절하지 않고 그 모름을 극복하는 과정 자체와 과정 끝에 오는 앎을 즐거워하는 사람이 됐으면 좋겠다. 그래서 진리에 대한 호기심과 탐구심을 평생토록 갖고 살았으면 좋겠다. 아름답고 순수한 바람이다. 하지만 이렇게만 되면 자기 삶에 대한 만족, 직업적 성취, 사회적 인정도 자연스럽게 따라올 것이라는 나의 현실적 계산이 깔려 있다. 근데 경쟁에 대해 가르쳐주는 게 차라리 쉽지 이건 정말 어려울 것 같다. 그러니까 말 그대로 바람이라 치자.

하지만 우리 부부가 공통으로 느끼는바 이진이는 경쟁 압력에 상당히 취약하다. 책 읽는 건 또래들보다 훨씬 좋아하고 공부도 곧잘 따라오는데, 뭘 틀려서 그걸 지적당하는 걸 싫어한다. 질책하지 않고 그냥 찬찬히 가르쳐줘도 칠색 팔색을 하기 일쑤다. 뭘 못할까 봐 도전 자체를 포기하는 경우도 많다. 뒤처지는 걸 싫어하는데, 호승지심이나 승부욕이 강한 건 아니다. 인생길을 걷다가 넘어져도 툴툴 털고 일어나 다시 걸을 수 있으면 좋겠는데 그렇지 못할까 봐 좀 걱정이다. 내가 너무 오냐오냐 키워서 그런가 하는 자책감도 든다. 하지만 걱정을 많이 하진 않는다. 나와 아내는 우리 아이의 부족함도 이렇게 냉정하고 객관적으로 인식하는 능력자니까!

"커서 뭐 되고 싶어?"

이진이에게 종종 물어본다. 이진이가 어떤 사람이 될까 궁금해서이기도 하지만 지금 얘가 무슨 생각을 하고 있는지 알고 싶어서다. 피아노학원 다닐 땐 피아니스트가 되겠다고 하더니 유튜버와 아이돌, 화가를 거쳤다. 여기까진 보통 아이들하고 비슷했는데 초등학교 1학년이 된 지금은 범상치 않다. 자기 미래에 대한 이진이의 관심은 결혼과 육아 쪽에 집중되어 있다.

'나중에 크면, 어른이 되면'에 대한 이야기를 꺼내면 "아빠, 내가 스무 살 되면 결혼해도 불법 아니지?", "집 사

려면 1억 있어야 돼? 나랑 ○○이는 1억 못 벌 것 같은데.",
"엄마·아빠 놀러 가면 할머니가 나 봐주는 것처럼 내가 아기 낳은 다음에 어디 놀러 가면 엄마·아빠가 우리 아기 봐줘야 해."라고 진지하게 이야기한다. 처음에는 기가 막혔지만 지금은 나쁠 거 없다고 생각한다.

"그러려면 너랑 ○○이가 직업도 있어서 돈도 벌고 둘이서 애도 키울 수 있어야 하는 거야."

이렇게 말해주면 자기 미래에 대해 구체적으로 생각해보는 이진이의 표정이 진지해진다. ○○이네 엄마 말로는 ○○이는 이진이랑 일찍 결혼하려고 공부를 열심히 하고 있단다.

> **질문**
>
> - 아이는 경쟁과 어떤 관계를 맺어야 할까?
> - 아이의 장래 희망이 이미 정해져 있는 건 이상하지 않을까?

미리 쓰는 슈퍼대디 성공기

유전, 보호자의 양육, 교육 등 사회의 몫, 본인의 의지와 노력…. 이진이를 보면서 생각해보건대 한 사람의 인생을 결정짓는 요소는 이 정도인 것 같다. 이진이에게도 이 네 가지 요소가 어우러져 어떤 결과가 나올지 기대도 되고 겁도 좀 난다.

유전은 이미 끝났고, 아기 땐 절대적이던 보호자 양육의 비중은 줄어들 테고, 이제 사회의 몫과 본인의 몫은 점점 늘어날 것이다. 문제는 부모 몫의 비중이 줄어드는 것과 달리 점점 고난도가 된다는 점이다. 부모가 신경 써야 할 '종목'도 늘어난다. 처음에는 의식주와 건강 그리고 인지 발달 정도였다. 그건 그대로 남아 있고 친구들과 좋은 관계를 맺는 인성은 물론 도덕과 사회적 규율을 준수, 공교육과 사교육을 넘나드는 학업에 대한 몫이 늘어났다. 앞으로 이 세 가지 분야는 제각각 가지를 치고 또 서로 결합해 새로운 가지를 만들 것이다.

뭐랄까, 무력감 같은 것도 점점 늘어난다. 이진이가 아주 어릴 때 먹이고, 재우고, 기저귀를 갈고, 씻기고 하는 동안은 힘들기도 했지만 이 아이가 완전히 내게 의존하는 내 자식이구나 하는 충만감이 컸다. 열이 펄펄 나고 아플 때 정도만 내 힘으로 뭘 어찌할 수 없다는 답답함을 느꼈을 뿐이다. 하지만 어린이집, 유치원을 거쳐 학교에 들어가면서 사회의 몫이 늘어나고 나의 답답함은 더 커지고 있다. 현재 내 위치는 이 지점이다. 그래서 사람들이 자기 아이를 영어 유치원에 보내고 사립 초등학교에 보내고, 좋은 학원을 찾아 보내고 결국 '좋은 동네'로 이사를 가는 거겠지만, 그런다고 해서 답답함이 사라질 리는 없을 거다. 그래도 여기까지야 경제력이나 부모의 발품으로 채울 수 있는 몫이 꽤 있다.

하지만 이진이 본인 의지와 노력이 결정하는 몫이 점점 더 커지면? 부모 몫은 미미해진다. 재산을 물려줘도 약으로 쓰느냐, 독으로 쓰느냐는 자식의 몫이다. 이것이 어떤 부모와 어떤 자식도 피할 수 없는 냉정한 인생의 사이클이다. 그래서 물고기를 잡아주지 말고 물고기 잡는 법을 알려주라는 뻔한 이야기가 수천 년 동안 힘을 갖고 전해져

내려오고 있지만, 물고기 잡는 법을 아는데 안 가르쳐주는 부모는 없다. 그리고 그 방법을 알더라도 자식이 어렵고 힘들다고 배우는 걸 거부하면 도리가 없고.

내 생각에 사람들이 이 냉혹한 굴레를 점점 잘 알게 되니까 과거에 비해 결혼도 덜하고, 애도 잘 안 낳는 것 같다. 뭘 잘 모르면 '다 잘되겠지!', '우리는 다를 거야'라는 별 근거 없는 희망을 품고 불확실한 게임에 뛰어들지만, 미래의 리스크가 훤히 보이면 당연히 위험을 피하려 한다. 맺지도 않은 배우자, 태어나지도 않은 자식을 걱정해서 혼자 있는 길을 택했다는 식의 정당화는 말도 안 되는 소리이지만, 공동체를 위해서 맺지도 않은 배우자나 태어나지도 않은 자식을 위해서 고통과 희생을 감수하라는 식의 주장도 말이 안 되긴 마찬가지다.

여성들의 위험 회피 정도가 더 높지만, 개인적으로 나도 결혼해서 애 키우고 살면서 억울함을 느낄 때가 꽤 있다. 내 나이 때 우리 아버지는 집에서 명실상부한 일인자였다. 하지만 나는 자주 '넘버 3' 같다. 집안일도 많이 하고 애 돌보기나 공부 봐주기도 많이 한다. 바쁜 아빠들은 주말에 주로 애를 보지만 나는 주중에도 보고 주말에도 본다. 뭐 그밖에도 우리 아버지나 선배 세대들이 안 하던 거 이것저것 많이 한다. 아내도 인정하는 것이 '제대로 못한다'는 지청구는 많이 들어봤지만 '당신이 하는 게 뭐야?' 식의 이야기는 단 한 번도 들어보지 못했다.

아내는, 자기 나름의 고충이 있겠지만, 내가 볼 때 우리 엄마나 장모님보다는 여러모로 더 나은 삶을 살고 있다. 나도 윗세대 남자들처럼 '누리고' 싶다는 건 아니지만 '아니 왜 나부터?'라고 항변하고 싶을 때도 있다. 예닐곱 살 연상의 남편과 살고 있는 여자 대학 동기랑 이런 문제로 이야기하다가 서로 깜짝 놀란 적이 있었다. 우리 두 사람 모두 결혼한 이래 지금까지 배우자가 음식물 쓰레기를 버린 적이 단 한 번도 없었다는 것이다. 같은 대학 같은 과로 같은 해에 입학한 남녀 동기인 우리 두 사람은 모두 집에서는 음식물 쓰레기 전담자인 건데, 걔는 걔대로 나는 나대로 좀 억울했다.

하지만 내게 우리 할아버지나 아버지 같은 삶과 내 삶 중 스스로 선택하라고 한다면 나는 당연히 후자다. 인류의 기술과 경제력이 발전하고 우리나라가 선진국이 되고 … 이런 것과 완전히 떨어뜨려 이야기할 수는 없겠지만 그래도 또 다른 이야기다. 기술과 경제 발전의 변수를 제외해도 나는 같은 선택을 할 것이다.

할아버지는 아버지가 고등학교 다닐 때 돌아가셔서 나는 얼굴도 못 봤다. 나라의 독립을 위해 헌신하신 할아버지를 모든 자손이 자랑스럽게 생각하지만, 아버지나 고모가 할아버지와 살가운 추억을 이야기하는 건 거의 못 들어봤다.

　우리 아버지도 그렇다. 1940년대에 태어나 1970년대 부터 직장을 다닌 아버지는 성실하고 모범적 삶을 살았다. 아버지는 늘 든든한 울타리였고 그 덕에 나는 사회생활 시작하기 전까지 학비, 생활비, 가정불화 같은 걸 걱정해본 적이 없다. 고등학교 때 정도부터는 주로 나 때문에 집에 분란이 벌어지곤 했다. (이진이도 나 닮을까 봐 좀 겁나는 게 이런 이유다.) 아버지는 나랑 달리 술도 안 좋아해서 회사 일 마치면 곧장 집으로 오는 스타일이었고 그 시대 아버지 중에서는 상당히 가정적인 편이었다. 그런데도 아버지와 살가운 어린 시절 추억이 많지 않다. 월화수목금 아침에 일찍 출근해서 보통 내가 잠들기 직전에 퇴근하셨고, 토요일은 그래도 오후 정도에 퇴근(?), 일요일 출근도 드문 일이 아니었다. 아버지는 회사 직급이 올라가면서 좀 여유가 생겼지만, 그때는 내가 새벽별 보고 등교해서 자율 학습이니 뭐니 마치고 밤 11시가 돼서야 귀가하게 됐다. 아버지가 직장에서 은퇴하고 내가 다 큰 다음에 오히려 서로 대화할 기회가 많아졌고, 그때서야 우리 아버지가 이런 생각을 하는 사람이구나 하고 잘 알게 됐다. 너무 늦었지.

　나는 그렇게 못 산다. 아내와 내가 같이 만든 우리 딸, 내 새끼가 얼마나 이쁘고 소중한 존재인데? 돌보고 키우는 게 얼마나 재밌고 행복한데…. 같이 앉아서 공부시키는 것도 답답하고 좀 짜증나기도 하지만 이진이와 함께 한 단계, 한 단계씩 깨우쳐가는 것이 꽤 재밌다. 앞으로 이진이 삶에서 자기 자신과 사회의 몫이 점점 커질 텐데 그러면 내가 해줄 수 있는 것, 이진이와 내가 같이 하는 것이 줄어들 테니 그게 걱정이지 내가 할 일이 많아서 힘들고 걱정되는 건 없다.

얼마 전 늦잠을 자고 일어난 주말 오전에 내가 소파에 비스듬히 기대앉아 책을 보는데, 그 모습을 힐끗 본 이진이가 저도 책을 한 권 들고 와서 내 품을 파고들어 안겨서 같이 책을 읽기 시작했다. 팔이 약간 저리긴 했지만 그 모습이 얼마나 이쁘고 그 순간이 얼마나 행복하던지 눈물이 왈칵 쏟아졌다. 이진이와 내가 나와 우리 아버지처럼 어린 시절 추억도 많이 만들지 못하고 다 크고 늙은 이후에야 '그래요. 사실 우리 아빠가 나를 위해 많이 고생하셨어요.'라는 이야기를 주고받게 된다면? 생각만 해도 너무 싫다. 엄마와 딸의 애착 관계를 샘내면서 은근 슬쩍 끼어들려 하다가 TV 드라마의 한 장면처럼 '아빠가 나에 대해서 아는 게 뭐가 있어?', '당신이 이진이에 대해서 뭘 안다고 그래?' 같은 소리를 듣고 살 수는 없다. 나는 그렇게 희생하면서 살고 싶지 않다.

물론 이제 이진이가 학생이 됐으니 본격적으로 돈 들어갈 일이 많아질 것이고 우리 부부 노후까지 생각하면 눈앞이 깜깜하기는 하다. 나중에 혹시 '아, 내가 그때 일할 수 있을 때 더 열심히 해서 돈을 더 많이 벌어놓아야 했는데'라고 후회할 날이 올지 모르겠다. (아마 오긴 올 것 같다.) 근데 그 '미래'를 위해 현재를 희생하고 싶지 않다. 현재의 누적이 미래인 것이고, 그 미래의 고민 역시 가족이 나눠야 하는 거지, 나 혼자 끙끙거릴 일이 아니다. 다행히 지금까지는 아내와 시간 조정, 역할 배분에 큰 문제는 없다. 이진이 때문에 일 못하는 것도 아니고 일 때문에 이진이랑 함께하지 못하는 상황은 아니다. 가만히 돌아보면 일이 잘될 때 이진이한테 에너지를 더 쏟을 수 있었던 것 같기도 하다.

물론 안다. 그래서 늘 감사하고 있다. 내가 운이 좋은 사람이라는 것에 대해서. 대다수의 아빠도 자기 아이랑 시간을 더 많이 보내고 사랑을 주고받고 싶어 하는데 현실적으로 힘들다는 걸 잘 안다. 특히 우리나라에선. 그래도 주제넘게 몇 마디 하자면 첫째, 가능한 한 빨리 깊이 아빠가 육아에 참여하는 게 좋다. 둘째, 도와준다는 생각을 버려야 한다. 아내를 육아의 주체로 세우고 아빠가 보조자 역할을 하면 편해질까? 전혀 그렇지 않다. 일단 빨리 시작하면 요령도 빨리 생긴다. 요령이 생기면 스트레스를 덜 받고 힘도 덜 든다. 대신 재미와 행복의 공간이 더 커진다. 이런 구조는 공부나 일과 크게 다를 바가 없다.

아빠 육아의 몫을 늘려야 하는 현실적 이유가 또 있다.

아빠와 아이가 제대로 애착 관계를 형성하지 못하고 아빠가 육아 능력을 발전시키지 못하면 부부간 균형추가 완전히 무너진다. 아이의 상태, 아이에 대한 지식과 정보를 모두 아내에게 의존하게 되고 어쩌다 뭐 좀 해보려고 해도 '아유, 몇 번을 가르쳐줬는데 그걸 못해', '저리 비켜, 내가 할게', '당신이 애에 대해서 아는 게 뭐가 있어?' 같은 이야기를 듣게 된다. 단순한 지시 수행자로 전락하거나 충돌이 발생해 가정에서도 칸막이가 매우 높은 분업 체계가 형성되거나 둘 중 하나다. 생각만 해도 울화가 치밀지 않나?

출산 직후 아주 갓난아기일 땐 어쩔 수 없는 면이 있다. 나도 그랬다. 하지만 속으로 칼을 갈았고 돌 지나서부터는 차차 내 점유율을 높였다. 이제 가끔 이진이가 제 엄마한테 이런 소리를 한다.

"싫어, 나 엄마랑 말고 아빠랑 할 거야! … 엄마 말고 아빠한테 해달라 할 거야. 아빠가 더 잘한단 말이야!"

제 엄마 없을 때 나한테만 이런 이야기를 하면 너무 기분이 좋다.

"아빠, 엄마 거기 가면 우리 둘이 ○○도 먹고 ○○도 하면서 재밌게 놀자!"

나 없을 땐 아내한테 그러는 것 같은데, 그것도 좋다. 이진이는 탁월한 전략가라는 이야기가 되니까.

이러다 보면 선순환 고리도 형성된다. 예전에는 밖에

서 힘든 일을 겪고 집에 들어오면 만사가 피곤해서 아무것도 하기 싫은 적이 종종 있었지만, 이진이가 태어난 이후에는 귀가해서 아이를 보고 노는 과정에서 스트레스가 많이 사라졌다. 파김치가 돼서 집에 들어섰을 때도 아이가 달려와서 매달리면 기분이 좋아진다. 반대로 본체만체하면 맘이 상한다. 이미 잠들어 있으면 섭섭하다. 예전에 일과 육아라는 두 마리 토끼를 다 잡은 이른바 슈퍼우먼들의 성공기를 읽다 보면 '일로 생긴 스트레스는 집에 와서 육아로 풀고, 집에서 육아로 생긴 스트레스는 나가서 일로 푼다'는 내용이 종종 나왔다. 그게 무슨 소리인가 싶었는데 이제는 그 의미를 좀 알 것 같다.

질문

- "아빠가 나에 대해 뭘 알아?" 같은 이야기 듣고 살 자신 있나?
- 슈퍼우먼 성공기에서 아빠들이 배울 것은?

에필로그

'저출산'이냐, '저출생'이냐 단어 사용을 놓고도 논란이 벌어지고 있지만, 어쨌든 다들 한국 사회의 가장 심각한 문제로 꼽고 있다. 어찌 보면 좋은 일이다. 직업을 갖고, 결혼을 하고, 아이를 낳아서 키우는 일이 모두 개인의 책임이라 여기던 풍조가 바뀌고 있다는 이야기니까. 나도 여태까지 살아보니까 알겠는데, 하나하나가 참 쉽지 않다. 그래도 여기까지 왔으니까 앞으로는 좀 쉬워질까? 글쎄, 그것도 잘 모르겠다.

순전히 내 생각에는 나라와 사회가 아이 키우는 걸 꽤 많이 도와주고 있다. 그리고 이진이가 태어난 2016년 이래 그 도움은 점점 늘어나고 있다. 일단 이런저런 명목으로 보태주는 돈의 액수가 늘어나고 있다. 이진이를 공립 유치원에 보내고 공립 초등학교에 입학시키면서는 정말 깜짝 놀랐다. 돈 내란 소리는 없는데 이거저거 주는 건 참 많았다. 특히 코로나19 기간 유치원에서는 자주 뭘 많이 받아왔다. 교육기관의 교실, 체육관, 도서관, 화장실 등 여러 시설도 너무 좋았다. 집에서 나름 신경 써서 먹인다고 자부했지만, 단체 급식은 그 수준이 달랐다.

"와, 내가 크던 때랑은 너무 다르네. 우리나라 진짜 선진국이네!"

이런 소리가 절로 나왔다. 외출할 때도 예전에 비해 아이에 대한 공적, 사적 배려가 다르다는 것이 느껴진다. 우리 부부와는 상관없는 이야기지만 (괜찮은 직장 다니는) 주위 사람들을 보면 노동시간도 많이 줄었고 휴직하고 휴가 내는 데 대한 부담도 확연히 줄었다. 그러니까 '대한민국 너무 좋아요. 애 키우기 좋은 나라예요.'라는 건 아닌데 어쨌든 다들 나름대로 애는 쓰고 있다는 이야기다.

다른 각도에서 보면 여기는 지옥이다. 가부장제 대가족 공동 육아의 시스템, 남성 가장 혼자서 가족 생활비를 벌어오는 가족 임금 시스템은 무너졌는데, 이를 대체할 새로운 시스템은 제대로 서지 않은 아노미anomie 상태다. 누가 정하는 건지 모르겠지만, 인스타그램이 알려주나? '괜찮게 사는 기준'은 점점 올라간다. 물려받은 게 많거나 '괜찮은 직장'에 다니면 그래도 할만한데 '상위 5%' 안에는 들어야 살만하다 여기고 10% 안에 들어 있어도 힘들다는 소리를 입에 달고 산다. 힘든 사람들은 내 자식을 이렇게 살게 하고 싶지 않아서, 여유 있는 사람들은 그냥 두면 내 자식이 나 정도로 살긴 힘들 것 같아서 사랑이라는 이름으로 아이들을 들들 볶는다. 내 기준으로 위에 있는 사람들은 도둑놈이고, 아래에 있는 사람들은 거지들이다. 다들 세금은 내 위에서부터 늘리라고 하고, 복지 혜택은 나까지만 늘리라고 한다. 내 고통은 우리 사회가 해결해야 할 구조적 문제인데, 남의 고통에 대해서는 '누칼협'이라고 대응한다. 애들이 뭐 보고 배우겠나? 어른들 보고 배우지.

그래서 이 책을 쓸까 말까 많이 망설였다. '이런저런 어려움이 있지만 우리 가족은 그래도 잘 살고 있어요. 너무 햄복아요.'라고 할 수도 없고, '죽을 둥 살 둥 열심히 사는데 너무 힘들어요.'라고 할 수도 없다. 그리고 후자는 대체로 입을 앙 다물고 사는데 전자는 자랑질을 해대니 세상이 점점 이상해지고 있는 게 분명하기도 하고.

다른 이유도 있다. 이제 초등학교 1학년짜리 딸 하나 키우는데, 내가 뭘 안다고? 그래도 지금은 '이렇게 저렇게 이진이가 잘 자랐고 나는 이렇게 저렇게 열심히 아빠 노릇을 했어요'라고 쓸 수 있겠지만 앞으로 무슨 일이 어떻게 벌어질지 누가 안다고? 게다가 솔직히 말해 이 책이 우리 가족의 희로애락 모든 면을 그대로 담고 있는 것도 아니다. '허위'는 없지만 좋은 건 좀 키우고 안 좋은 건 좀 깎아서 좀 매끈하게 만든 이야기다. (사람들이 안 믿거나 질시하거나 부부 싸움의 원인이 될까 봐 아빠로서 나의 뛰어남을 가린 부분은 … 없다.) 페이스북에 이진이와 내 이야기 올려놓고 '좋아요' 많이 달리면 흡족해하는 꼴이다.

그런데도 불구하고 쓰고 싶은 이유들이 있었다. 개인적으로는 이진이가 태어나서 학교에 입학하기까지의 이 시간을 한 번 정리해보고 싶었다. 그래도 지금까지는 큰 탈 없이 재밌고 행복하게 살았다 싶으니까 기록할만하고 앞으로 내가 혹여 힘들어질 땐 이 기록을 보고 힘을 얻고 혹여 비뚤어지고 싶을 땐 이 기록을 보고 스스로를 다잡을 수 있겠다는 계산으로.

그리고 나누고 싶었다. 먼저 아빠 혹은 아빠가 되려고 하는 남자들에게 아이 키우는 것이 재밌고 행복하다는 걸 알려주고 싶었다. 아내에게 육아를 미루지 않아야 하는 현실적이고 전략적 이유도 말해주고 싶었다. 늦은 결혼과 늦은 출산에 대해서도 너무 걱정하지 말라고 말해주고 싶었다. '빈티지' 있는 엄마와 아빠가 아이를 더 잘 키울 수 있는 이유도 많다. 그리고 우리끼리 이야기인데, 육아는 몸과 마음의 노화를 늦춰준다. 엄마들에겐 … 음, 남편들도 나름대로 힘들다는 점을 알려주고 싶었다. 남편을 육아의 공동 주체로 세우면 서로서로 편하고 행복해지니까, 뭘 잘

못해도 너무 질책하지 말고 좀 북돋아주라고 말해주고 싶었다.

인생 설계에 있어서 정상과 비정상, 우열을 가려서는 안 되고, 아니 가릴 수도 없지만, 아이를 가질까 말까 고민하는 사람들에겐 선배 입장에서 '내가 겪어보니 꽤 좋더라'라고 말해주고 싶었다. 비혼으로 살기로 한 사람들, 자녀를 갖지 않기로 결심한 부부들이 이 책을 읽는다면 '아, 저 사람들은 저런 희로애락이 있구나' 정도로 받아들여줬으면 좋겠다. 그리고 주제넘게 말하건대, 우리 모두 결핍과 고통은 에너지로 삼고, 충족함과 행복에 대해서는 감사하면서 살자.

이 책을 쓰면서 많은 사람들에게 도움 받고 빚지고 살았다는 걸 새삼 깨달았다. 육아의 면에서 보면 이런 분들이다. 이진이보다 4개월 먼저 유준이를 낳아 육아의 길을 딱 한발 앞서가면서 농담이 아니라 정말로 등대가 되어준 처제와 동서 이동희·장좌영 부부. 나이 든 아빠의 길을 나보다 먼저 시작해서 큰 안도감과 자신감을 줬던 대용이·대정이 아빠 김경록 형. 딸을 잘 키우는 훌륭한 아빠들은 세상에 많지만, 팔자가 좋아서 딸과 시간을 많이 보내며 지지고 볶는 아빠는 훨씬 드물다. 그래서 내가 롤 모델로 삼고 있는 보령이·하령이 아빠 남희석 형. 같은 이유로 롤 모델인 후배이지만 결혼과 육아에서는 대선배인 은유·은재·

은수 아빠 김진화. 이진이 태어나기 전부터 지금까지 나의 믿을 구석이자 든든한 뒷배인 '이진이 고모' 천근아 누나. 이진이 자라는 모습을 보면서 이뻐해주고 응원해주는 지인들. 그리고 수많은 교사와 반면교사들.

　이진이가 많이 컸다 싶은데 꼽아보면 아직 만 7년도 안 됐다. 그런데도 이런 책을 쓰는 내 자신이 가당찮기도 하고 그 배포가 가상키도 하다. 한 10년 지나서 '눈물 콧물 빼고 살았지만 그래도 재밌고 행복하다'는 책을 한 권 더 쓸 수 있으면 너무 좋을 것 같다.

괜찮은 아빠이고 싶어서
정치컨설턴트 윤태곤의 아이 키우는 마음

펴낸날   1판 1쇄 2023년 6월 14일

지은이   윤태곤
펴낸이   윤미경

펴낸곳   (주)헤이북스
출판등록   제2014-000031호
주소   경기도 성남시 분당구 황새울로 234, 607호
전화   031-603-6166
팩스   031-624-4284
이메일   heybooksblog@naver.com
블로그   blog. naver. com/heybooks2013

책임편집   김영희
디자인   류지혜
찍은곳   한영문화사

ISBN   979-11-88366-80-4 03810